女王オフィーリアよ、王弟の死の謎を解け

石田リンネ

富士見L文庫

Contents

Green Ophelia 2

1階

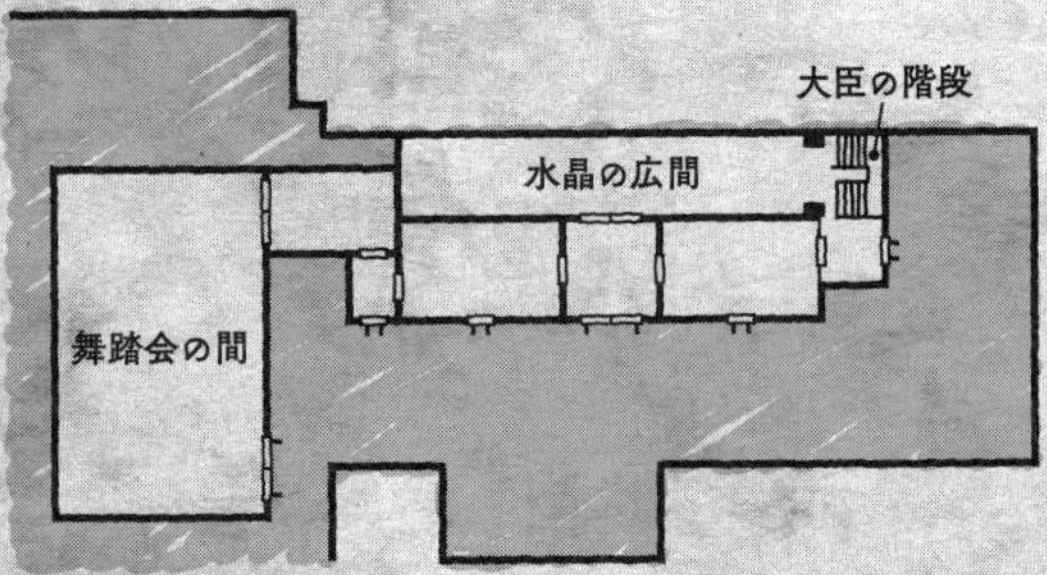
大臣の階段
水晶の広間
舞踏会の間

2階

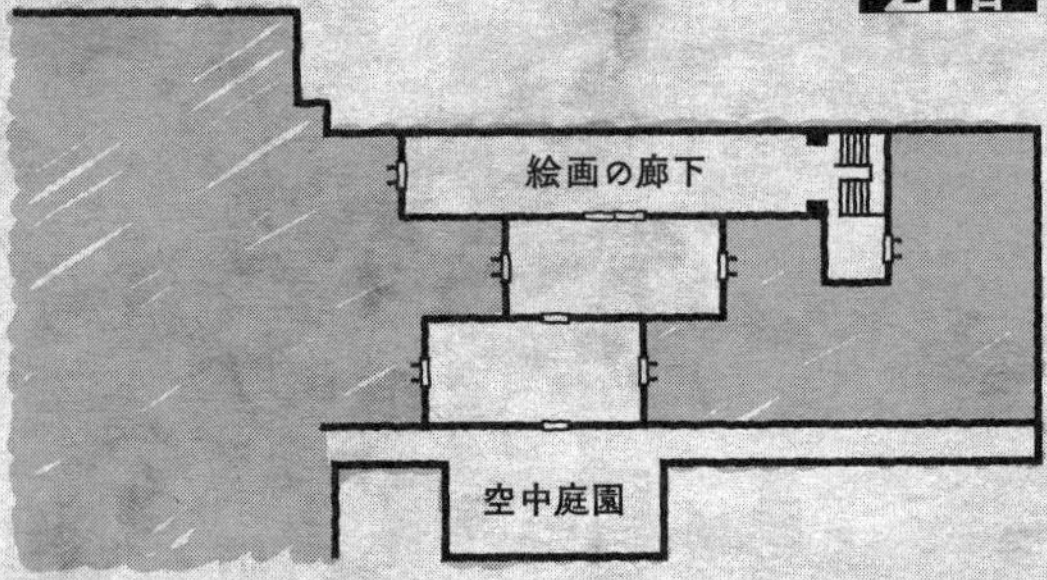
絵画の廊下
空中庭園

序章

緑深き森や湖、海をもつ、神々の〝理想郷《アルケイディア》の国〟。

豊かな自然と鉱物資源に恵まれているアルケイディア国は、神々に愛されている妖精王リアの庭であり、妖精王リアによって守護されていると言われている。

この美しき国を統べるのは、十七歳の女王オフィーリアだ。

彼女は金色の髪とアクアマリンのように煌《きら》めく瞳を持っていて、妖精の女王セレーネのようだと称《たた》えられている美しい女性である。

真白き冬が深まりつつあるこの季節、アルケイディア国は社交シーズンにいよいよ突入した。オフィーリアはその中心人物として、皆を楽しませるために奔走している。

そして、春の初めに行われるクレラーン国への大規模侵攻計画『春の大攻勢』の準備も同時に行っていた。

美しき女王は、妖精の羽を忙《せわ》しなく羽ばたかせている。

「妖精王リアに守られしアルケイディアの繁栄を祝って！」

アルケイディア国の春告げる王の宮殿〝イオランテ〟。

その左翼棟の一階に作られた舞踏会の間で天井を仰げば、芸術的なアーチに誰でも感嘆するだろう。そして、アーチの中央に吊り下げられた絢爛豪華《けんらんごうか》なシャンデリアは、招待客をきらきらと輝かせてくれた。

今夜の舞踏会のためのオフィーリアのドレスは、赤薔薇《ばら》のような深紅の絹地で仕立てられたものだ。スカート部分にはダイヤモンドを朝露のようにちりばめていて、薔薇の花びらのようなドレープもたっぷり作られている。

艶《あで》やかでありながらも上品なドレスを難なく着こなしたオフィーリアがグラスを掲げ、社交シーズンの幕開けを宣言すると、あちこちから歓声が上がった。

最初の曲は、妖精王リアのための円舞曲《ワルツ》だ。

女王オフィーリアと、その王配であるザクトリー公爵デイヴィットが、軽やかなダンスを妖精のように踊ってみせれば、皆から大きな拍手が贈られる。

一礼をしたオフィーリアは、招待客に広間を譲った。それからすぐに次の段階へ移る。

ここからは弟のための授業の時間だ。オフィーリアは、社交界でどのように動けば自分の味方を増やせるのかを、実際にやってみせなければならない。

「僕もぼんやりしてはいられないな」

――メニルスター公爵ジョン王弟、御年十六歳。

金色の髪とアクアマリンのように煌めく瞳を持つジョンは、オフィーリアの弟だ。

軍に入り、指揮官になるための経験を積んでいる最中のジョンは、社交界の中心で輝いている姉の姿を見て、濃紺色のコートの襟を直し、よしと気合を入れた。

（姉上は本当に立派な女王だ。……でもそんな姉上でも夫婦関係は上手《うま》くいっていない）

オフィーリアとデイヴィットの夫婦仲は冷え切っている。

原因はデイヴィットの浮気だ。最初は我慢していたオフィーリアも、ついにデイヴィットへの愛を妖精の泉に投げ捨ててしまったらしい。

このままオフィーリアとデイヴィットの間に子供ができなかったら、次の王はジョンになる。そして、その次の王はジョンの子になるだろう。

（僕は最悪の事態を想定し、いつでも立派な王になれるようにしなければならない）

ジョンは今年の社交シーズンを利用して、己に足りない部分を知り、どんな努力をすべきかしっかり考えるつもりだ。

今から早速貴族たちに挨拶をして、春の大攻勢についてどう思っているのかを訊《き》いて
……という予定を立てていると、後ろから声をかけられた。

「メニルスター公爵殿下、お話が……」

話しかけてきたのは、ロレンス・バトラー侯爵である。

金色の髪に緑色の瞳を持つ二十代半ばの青年であるロレンスは、ジョンと同じ濃紺色のコートを着ていた。しかし、表情はジョンと違ってとても硬い。

(ロレンス……、少しやつれた気がする)

ジョンは少し前まで、バトラー侯爵家の令嬢マーガレットと婚約していた。ロレンスはマーガレットの兄だ。彼はいつだって義理の弟になるジョンへ、笑顔で話しかけてくれていた。

そんな人から話をしたいと頼まれたら、断れるわけがない。

「……わかった」

ジョンがそう返事をすると、ロレンスは舞踏会の間の扉をちらりと見る。ジョンはロレンスからの「場所を変えたい」という合図を読み取り、頷《うなず》いた。

そのすぐあと、貴婦人たちのドレスの裾が花のように広がっている舞踏会の間から、二人の貴公子がそっと姿を消した。


今秋の終わり頃、アルケイディア国では国を揺るがすような大事件が発生していた。

——女王オフィーリア殺害未遂事件。

この事件は、一度は迷宮入りしそうになったけれど、オフィーリアの執念の調査によって犯人を見つけることができた。

驚くことに、犯人は共犯関係にない三人の男であった。

一人目は、マシュー・バトラー第二大蔵卿《おおくらきょう》。

二人目は、オリバー・ステア近衛隊長《このえたいちょう》。

三人目は、ランドルフ・ウッドヴィル大司馬卿《だいしばきょう》。

三人の犯人はそれぞれ違う動機を持ち、それぞれが勝手に動いていた。しかし、偶然にも同日にそれぞれの計画が決行されたため、犯人像が複雑なものになり、犯人が誰なのかわからなくなったのだ。

オフィーリアによって真実の糸が解かれ、皆の目にも明らかにされたあと、犯人たちは嘆きの塔に入れられ、あとのことは司法の場へ託された。

——しかし、その夜、三人の犯人たちは命を落とす。

オフィーリアに毒を盛ったマシューは、牢《ろう》の中で泡を吹いた状態で死んでいた。

オフィーリアの首を絞めたオリバーは、誰もいない牢の中で首を絞められて死んでいた。

オフィーリアをバルコニーから投げ落としたランドルフは、子供であっても通れないほどの小窓から転落死した。

犯人たちは、常識では説明できない死に方をしていたけれど、女王の慈悲によって〝自らの命で償った〟という扱いになる。

そして、犯人の家族は罪を問われないことにもなった。けれども、マシュー・バトラーの娘であるマーガレットとジョンの婚約は破棄されることになった。

ジョンは、かなり甘い処分だったと思っている。しかし、とてもありがたいものでもあった。侯爵令嬢という立場を失ったマーガレットを見たくなかったのだ。

勿論《もちろん》この婚約破棄に関しては、歓迎する者もいれば、反対する者もいた。

（僕はどちらなんだろう）

ジョンは婚約者であるマーガレットを大事にしていた。

しかしマーガレットは、ジョンの友人であるフィリップス伯爵の嫡男ヒューバートと秘密の恋人関係にあったらしい。そのことは、婚約破棄をしてから知った。

ジョンは今、友人と元婚約者に複雑な想《おも》いを抱いている。

マーガレットを本当に愛しているのなら、婚約破棄を命じたオフィーリアを説得し、婚約破棄の撤回を求めるべきだろう。

けれどもジョンは、オフィーリアの命令に従うことを選んでしまった。そうしたのであれば、気の毒なマーガレットに対して、友人のヒューバートと幸せになってくれと祈るべきだろう。

ジョンはどうすべきなのかをわかっている。しかし、心の中でマーガレットとヒューバートにずっと裏切られていたことに対しての失望がちらついている。まだ彼女たちが幸せになることを素直に喜べない。

（おまけに……、ロレンスも加わって、更に面倒なことになっている）

ロレンスは、バトラー侯爵家を突然継ぐことになった。自分の父の罪を受け入れることさえまだ苦痛なときなのに、それでもバトラー侯爵家を守っていかなくてはならなくなったのだ。

ロレンスの目下の課題は、王家との関係の改善である。女王を軽視していた父のマシューが女王殺害未遂事件を引き起こしてしまったので、この先は些細《ささい》なことでも家門を潰されてしまうかもしれないのだ。

ロレンスは、女王に尻尾を振っておかなければならないし、ジョンとマーガレットにはなにがなんでも結婚してもらわなければならない。

当然のことではあるが、ロレンスはマーガレットとヒューバートの結婚に反対した。そして、マーガレットのことを「お前がそんなことをするから婚約破棄になったんだ！」と酷《ひど》く責めているらしい。

ジョンはまだ、自分の心の中にある複雑な気持ちを抑え込むことで手一杯である。それなのに、ロレンスからは婚約破棄の撤回を求められ、マーガレットやヒューバートからは自分たちの仲を応援してほしいという期待の眼差《まなざ》しを向けられている。

(この問題をどうにかして早く決着させないと……)

ジョンはため息をつきつつ、舞踏会の間を出て大臣の階段に向かった。

大臣の階段は、水晶の広間を通った先にあり、一階から二階、二階から屋上庭園まで続いている。金メッキの手すりと真っ赤な絨毯《じゅうたん》が敷かれている立派な階段の前には、見張りの兵士が二人いた。

彼らは、こんなときに舞踏会の間から出てきたジョンを不思議に思っているだろう。けれども、職務に忠実のようで微動だにしない。

ジョンは見張りの兵士の視線に居心地の悪さを感じながらも、無言で屋上庭園を目指す。

ロレンスによると、マーガレットとヒューバートとの話し合いがこれから屋上庭園で行われるらしいが、ジョンはどちらの味方もするつもりはなかった。

ロレンスには「婚約破棄の撤回はできない」と言い、マーガレットとヒューバートには「誠実な姿を見せ続けることでロレンスに認めてもらえるように努力すべきだ」と言うつもりである。

（……うん？　ハンカチ？）

一階から二階へ上がる階段の踊り場を通りすぎると、二階に上がったすぐのところに白いハンカチが落ちていた。赤い絨毯が敷かれているので、とても目につく。

（誰のものだろう）

白いハンカチは繊細なレースで飾られていた。しかし、だからといって持ち主は女性に限らない。女性が自分のハンカチに想いを込めた刺繍《ししゅう》をし、好きな人に渡すということは、この国ではよくあることなのだ。

（名前が刺繍されていたら助かるんだけれどな……）

ジョンは二階に上がる直前で立ち止まった。ハンカチを取ろうとして屈《かが》む。

――そのとき、がつんという強い衝撃を後頭部に受けた。

世界が揺れている。いや、揺れているのは自分かもしれない。

（あれ……？）

身体《からだ》がゆっくり傾いていく。

ジョンはなにかがおかしいことに気づいたけれど、見ていることしかできなかった。気づいたら階段に背中が当たっていて、そのままずるずると落ちていく。背中が痛いし、頭も痛い。

(なにが起きたんだ……?)

目の前が霞《かす》んでいた。頭が割れたように痛い。いや、本当に割れたのかもしれない。きっと背後から殴られたのだろう。その衝撃で後ろに倒れて……。

(……誰か、医師を……。……、ああ、駄目だ。声が出せない。動けない。……もしかして、僕は助からない……?)

ジョンはなんてことだと嘆く。しかし、どうにかしなければと思えば思うほど、意識がぼやけていく。

——僕は、誰かに殺されてしまった。

自分を殴った犯人はどこへ行ったのだろうか。まだ近くにいるのだろうか。それさえもよくわからない。

(姉上……。申し訳ありません。僕は、次の王なのに………)

オフィーリアは嘆き悲しむだろう。

それがわかっているからこそとても辛《つら》い。

どうかこの不孝者をお許しください、とジョンは必死に祈る。

──どこからか、ケラケラと笑う声が聞こえた。

それは男のようで、女のようで、人のようで、鳥のような声だ。

誰かいるのだろうか。だとしたら……どうかこの〝最期の願い〟を聞き届けてほしかった。

一章

一

――悲しい事件は突然発生した。

第一発見者は、フィリップス伯爵の嫡男ヒューバートだ。

事件発生の直前、宮殿の二階にある空中庭園前の扉に配置されていた見張りの兵士の一人が、ヒューバートのシャツの袖からカフリンクスが落ちるところを見た。

見張りの兵士から「カフリンクスを落としましたよ」と声をかけれたヒューバートは、礼を言ってそれを拾う。右袖と左袖、どちらのカフリンクスだったのかを確認したとき、物が落ちたような音と人が倒れたような音を聞いた。

ヒューバートと見張りの兵士は、なにがあったのかを確認するため、音が聞こえてきた方に向かって走る。そして、あまりにも悲しい事件が発生したことを知った。

「ジョン!!」

大臣の階段で倒れていたのは、メニルスター公爵ジョン王弟だ。

ヒューバートが悲鳴のような声で名を叫んだとき、誰かが大臣の階段をゆっくり上がってきた。

「今、なにか音が……」

踊り場に姿を現したのはロレンス・バトラー侯爵である。そのロレンスもすぐに目の前の衝撃的な光景に気づいた。

「うわぁあああ！」

ジョンが階段で仰向けに倒れていて、頭から血を流している。そして、すぐ近くに血のついたブロンズ像が転がっていた。

ヒューバートと見張りの兵士、ロレンスが聞いた音は、間違いなくジョンの頭の怪我《けが》に関わっているだろう。

「っ、医師を呼べ！」

ヒューバートが一緒にきた見張りの兵士にそう命じれば、足を震わせていた兵士は我に返り、慌てて走っていく。

「メニルスター公爵殿下！　しっかりしてください！」

ロレンスはジョンの傍《そば》に膝をつき、ジョンの手を握って必死に呼びかける。

まだジョンの身体は温かい。ロレンスはなんとかなるかもしれないと、わずかな希望を抱いた。

「……そうだ！　バトラー卿《きょう》！　すれ違った人はいませんでしたか⁉　私は見張りの兵士と共にここへ走ってきたのですが、誰とも会わなくて……！」

「いや、階段には誰も……！」

ヒューバートとロレンスは顔を見合わせ、周囲を確認する。

大臣の階段を使って一階から二階に行けば、その先は絵画の廊下だ。絵画の廊下の右側の壁には、大きな窓が並んでいる。しかし、今は冬なのになぜか一番手前の窓だけ開け放たれていた。

おまけに、その開いている窓の下の台座には、飾られているはずの花瓶がない。あったはずの花瓶は床に転がっている。

「くそっ！　窓から逃げたのか！」

ヒューバートが怒りの声を上げながら窓に駆け寄るけれど、そこから見えるのは暗闇だけだった。

「私は兵士に声をかけてきます！　バトラー卿はジョンについていてください！」

「わかった！　メニルスター公爵殿下！　大丈夫ですよ！　すぐに医師がきますから！」

駆けつけた兵士と、なにかあったのかと様子を見にきた者たち。

それまでとても静かだった大臣の階段へ一気に人が押し寄せ、そして衝撃的な光景を目にして騒然とし……呼ばれた医師が首を横に振った瞬間、しんと静まり返った。


アルケイディア国の歴史書に、新たな出来事が綴《つづ》られる。

――王位継承権第一位、メニルスター公爵ジョン王弟。後頭部への打撃による失血が酷《ひど》く、十六歳でその生涯を終える。

王の宮殿〝イオランテ〟は、若き王弟の突然の死によって深い悲しみに包まれた。

「オフィーリア……」

ジョンの姉である女王オフィーリアは、弟の突然の死を受け入れることができなかった。

今はただ、執務の間のソファに呆然《ぼうぜん》と座ることしかできない。いや、座ることもできていないのかもしれない。オフィーリアの隣には夫であるデイヴィットがいて、オフィーリアの肩を抱き、その身体を支え続けていた。

いつものオフィーリアなら「触らないでちょうだい」とデイヴィットの手を強く叩《たた》き落《お》としただろう。けれども今は、隣にデイヴィットがいることすらもよくわかっていないようだ。

「……女王陛下、失礼致します。ロレンス・バトラー侯爵がおいでになりました」

大侍従卿《だいじじゅうきょう》ウィリス・ハウエルが執務の間の扉をノックし、声をかけてくる。

デイヴィットは、オフィーリアの代わりに返事をした。

「しばらくはそっとしておいてほしいと伝えてくれ」

「……それが、バトラー侯爵はメニルスター公爵殿下の最期を看取《みと》ったようでして……」

「わかった。少し待て」

デイヴィットは、顔を覆っているオフィーリアに呼びかける。

「オフィーリア、バトラー卿の話を聞くかい？」

「………」

反応できないオフィーリアに、デイヴィットはこれ以上なにも言えなかった。

「通してくれ。私が代わりに話を聞こう」

「承知致しました」

ウィリスが執務の間の扉を開けると、肩を落としたロレンスが入ってくる。

デイヴィットが「代わりに話を聞く」と言えば、ロレンスは無言で頭を下げた。

「おそらくですが、私がメニルスター公爵殿下の最期を看取りました……。私は血を流して倒れている公爵殿下に動揺してしまい、その手を握ることしかできず、遺言を受け取ることもできませんでした……。犯人をすぐに捜すことも追うこともできず……本当に申し訳ありません……！」

昨夜、デイヴィットは騒ぎを聞きつけて大臣の階段に急いだ。戦場に立ったことがある自分でさえも、思わず目を逸《そ》らしてしまうほどの悲惨な光景がそこにあった。

ロレンスは遺言を受け取れなかったことを悔やんでいるけれど、ジョンは即死に近かっただろう、とデイヴィットは思っている。

「ジョンは苦しまずにすんだ。今はそう思っておこう。……義弟《おとうと》の手を握っていてくれたことに感謝している。オフィーリアも同じ思いだ。どうか君もゆっくり休んでくれ」

「……ありがとうございます」

デイヴィットはロレンスを見送ったあと、ウィリスに声をかけた。

「大家令卿《だいかれいきょう》と大司法卿《だいしほうきょう》を呼んでほしい」

大司法卿にはジョンの死を公式文書にしてもらい、大家令卿にはジョンの葬儀の手配を頼まなければならない。

デイヴィットはオフィーリアの葬儀の手配をしたことがある。これからなにをすべきかを調べなくてもわかっていた。

「オフィーリア、少し休んだ方がいい。横になって目を閉じるんだ」

デイヴィットはオフィーリアの肩に手をかけ、ゆっくり話す。

すると、オフィーリアは顔を覆っていた手をそっと下ろした。

「……でも、ジョンが……、私が……」

「ジョンのことは私に任せて。君は昨夜から一睡もしていない。まずは休もう」

デイヴィットは女官長のスザンナ・タッカーを呼び、オフィーリアを任せる。

スザンナは、年配の女官と共にオフィーリアを寝室へ連れていく。眠れるはずがないとわかっていたけれど、女官はバルコニーのカーテンをそっと閉めた。

二

チェレスティーン大聖堂の鐘が、一分おきに鳴り響いている。

十六歳で亡くなった若き王弟に哀悼の意を表しているのだ。

オフィーリアはハンカチを握りしめながら、悲しい鐘の音をぼんやりと聞いていた。

父と兄が亡くなったときは涙が零《こぼ》れてきたけれど、ジョンのときは悲しすぎて涙が出てこない。

（……私よりも年若いジョンが亡くなるなんて……。こんなことって……）

ようやくジョンと心を通い合わせることができ、姉弟《きょうだい》で支え合おうとしていたところだった。神はあまりにも残酷だ。

「オフィーリア女王陛下……」

黒一色の喪服に身を包んだ貴婦人たちが、涙を堪《こら》えながらオフィーリアを慰めようとしてくれる。

オフィーリアは、静かに首を横へ振った。

「……私は大丈夫よ。私がジョンを見送らないと」

ジョンと親しくしていた友人、軍の同僚、ジョンのかつての家庭教師たち……彼らは家族や友人と共に見送りの場へきてくれた。

オフィーリアは、きてくれた人々に感謝の気持ちを伝える。

（かつて私はここで生き返ることができた。でもあれは、妖精王リアの王冠の呪いのおかげ。あの呪いは、妖精王リアの王冠の所有者にしか効力を発揮してくれない）

妖精王リアの王冠の呪いとは、所有者が殺されたときに十日間だけ生き返らせ、死ぬ間際に願ったことを叶《かな》えることができたら呪いが発動するというものだ。

妖精王リアは、どうしたら呪いが発動するのかを、オフィーリアに詳しく説明しなかった。彼はヒトの本性というものを楽しみたいだけなのだ。願いを叶えるための清く正しい努力を見たいわけではない。

妖精王リアから、十日間の命しかないことを伝えられたかつての王冠の所有者たちは、なにも知らないまま自分を殺した者に復讐《ふくしゅう》したり、自暴自棄になったりしたのだろう。

そして、妖精王リアはそれをケラケラと笑って楽しんでいたのだ。

オフィーリアも歴代所有者と同じく、なにも知らなかった。しかし、運よく妖精王リアの王冠の呪いの条件を満たし、呪いを発動することができた。

その結果――……オフィーリアを殺そうとした人物は、オフィーリアの代わりに死んだ。

オフィーリアは本当に生き返ってしまった。

(私は新しい人生を手に入れた。全てはこれからだったのに……)

オフィーリアは、カーン、カーン……という物悲しい鐘の音に耳を澄ませる。

何回鳴ったのだろうか。九十九回の鐘が鳴り終わったら、ジョンは九日後に埋葬されてしまう。

「ジョン……」

少し前、デイヴィットを脅すために「退位しようかしら」と言ったことがある。冗談にせず、本当にジョンへ王位を譲ればよかった。そうしていたら、ジョンが妖精王リアの王冠の所有者となり、呪いによって鐘が四十回鳴ったあとに生き返ったはずだ。

（今、鐘は何回目なのかしら……）

どうか鐘よ止まって、とオフィーリアは願う。

ジョンが死んだことをまだ受け入れたくない。


——カーン……。


また鐘が鳴る。葬儀の終わりが近づいてしまう。

絶望と無力感によって悲しみに暮れることしかできないオフィーリアは、ジョンの動かないまぶたをただじっと見つめた。そして……息を呑《の》んだ。

（……今、……なに、が……？）

あれ？　とオフィーリアは瞬《まばた》きをする。

改めてジョンをじっと見てみたけれど、変化はない。

疲れで目が霞《かす》んでいたようだと苦笑していると、反対側でジョンを見守っているヒューバートの目が見開かれていた。そして、彼はなぜか唇を震わせる。

（どうしてそんなに驚いているの……？）

ヒューバートの視線はジョンに向けられている。どうやら胸の上で組んでいる指を凝視しているようだ。

白い手袋に包まれたジョンの手はぴくりとも動かない――……はずだった。

「……っ!?」

ジョンの指が動いた。まさかとオフィーリアは驚く。

見間違いだろう。願望だろう。疲れているんだと息を吐き、ハンカチを目に当てようとしたのだけれど、ヒューバートの手からハンカチが落ちていく。

ヒューバートは落ちてしまったハンカチに気づいていない。顔を真っ青にしてジョンをひたすら見ている。

「ジョン……!?」

ヒューバートの震える声は、オフィーリアの耳にも届いた。

なぜヒューバートはこんなにも驚いているのか。もしかして、……先程、同じものを見ていたのではないか。

「ジョン！」

オフィーリアが棺《ひつぎ》に手をかけ身を乗り出すと、周りが慌ててオフィーリアを押さえようとする。

——そのとき、ジョンの目が開いた。

誰かが悲鳴を上げる。誰かが驚きのあまり倒れた。

オフィーリアは声を出そうとしたけれど、どうしても出てくれない。

(嘘《うそ》……こんなことって……!)

ジョンは死んだはずだ。ロレンスが冷たくなっていくジョンの手をずっと握ってくれ、医師は心臓が止まったことを確認し、皆が動かなくなった姿を見ていた。

それなのに、ジョンのまぶたが微《かす》かに動き、指が動き、ついには目が開かれる。

「…………頭が」

かすれた声を出すジョンに、オフィーリアは抱きつく。

途端、花の匂いを強く感じた。この香りに覚えがあったけれど、今はそれよりもジョンだ。この奇跡に感謝しなければならない。

「ジョン……!!」

「……姉上? あれ、僕は頭を殴られて……」

「ジョン! ジョン……! ああ、よかった、神様……!!」

オフィーリアの手を握り返してくるジョンの手が温かい。

ジョンと親しかった者たちは、突然ジョンが起き上がったことに驚いたあと、嬉《うれ》し涙《なみだ》を流した。よかった、奇跡だ、とあちこちから喜びの声をかけられたジョンは、なにがあったのかを理解できずにきょろきょろしている。

オフィーリアの瞳からようやく涙があふれてきた。悲しみや苦しみが、涙と共に流れていく。ジョンから説明を求めるような視線を向けられていたけれど、今はなにも言葉にならなかった。弟が生きている。それだけのことがこんなにも嬉しい。

「一体、どうなっているんだ……？」

喜びの輪から一歩離れたところでは、顔を真っ青にしている者もいれば、首を傾《かし》げている者もいた。

デイヴィットもそのうちの一人だ。こんなことが〝また〟あるなんてと、信じられない気持ちでいる。

「本当に……？」

ジョンの頭部の損傷は激しかった。血が大量に出ていて、息も心臓も止まっていた。たしかにジョンは死んでいたのに、とデイヴィットは心の中で呟く。

「まるで……」

デイヴィットは、周囲の人々の様子を眺めた。

喜びと驚き。この騒然とした雰囲気に見覚えがある。

——オフィーリアが生き返ったときと同じだ。

最近は医師の誤診が流行《はや》っているのかもしれないと、肩をすくめるしかなかった。

三

オフィーリアはチェレスティーン大聖堂から宮殿に戻り、ライムグリーンの絹地に白色のレースを重ねた可愛《かわい》らしいドレスへ着替えた。

ジョンは今、自分の部屋に戻り、医師の診察を改めて受けている最中だ。まずはゆっくり休んでもらおう。

「本当によかった……」

国王の部屋には白い花ばかりが飾られている。これは悲しみの名残だ。

ほっとしたら一気に疲れが出てきた。少し横になった方がいいかもしれない。

「オフィーリア。ジョンを殺した……いや、大怪我《おおけが》をさせた犯人についての調査資料だよ。君も見たいだろう？」

驚くほど良《い》いタイミングで現れたのはディヴィットだ。

オフィーリアはソファにもたれながらディヴィットを睨《にら》みつけた。ただし、いつもより迫力がないという自覚はある。

（……悔しいけれど、この男は『弟を亡くして悲しみに暮れる女王を支える王配』を完璧に演じてくれた）

ディヴィットはオフィーリアを慰め、オフィーリアの代わりにあちこちへ指示を出し、やらなければならないことをやってくれた。誰もが、これこそが国王夫妻の理想のあり方だと思っただろう。

――しかし、ジョンの死はディヴィットにとって笑いたくなるほど嬉しい状況だったはずだ。

ディヴィットは、オフィーリアを慰めることも、代わりに動くことも、苦にならなかったに違いない。その先に待つのは、皆に認められて王冠をかぶる自分なのだから。

（ジョンが生き返って、さぞかし残念だったでしょうね）

それでも、オフィーリアが助けられたことは事実だ。今はあまりディヴィットの野望についての嫌味を言うべきではないと判断し、オフィーリアは差し出された書類を無言で受け取る。

すると、デイヴィットは当たり前の顔をして隣に座ってきた。今回は仕方なくそれを受け入れる。

「誰か、フェリックスを持ってきて」

柔らかなクリーム色の毛並みを持つクマのぬいぐるみの〝フェリックス・レヴィン〟は、いつだってオフィーリアの眠りを守ってくれていた。

女官が隣の部屋から持ってきてくれたフェリックスを、オフィーリアは自分とデイヴィットの間に置く。

「随分と元気が出たようだね」

「ええ。そうみたい」

「私も同じ気持ちだよ、オフィーリア。ジョンが生きていて嬉しい。いや……生き返ったと言うべきなのかな？　王家の人間の生命力は凄《すご》いね。妖精王リアの加護だろうか」

嬉しいと言いながらも、デイヴィットは「どうしてだろう」という気持ちが強く出ている声色で話してくる。

「……冬で身体《からだ》が冷えていたおかげだろうと医師は言っていたわ。それで血が早々に止まり、なにかのきっかけで再び心臓が動き出したのではないか……と」

オフィーリアが医師の話をデイヴィットに教えると、デイヴィットは目を細めた。

「どうだろうね。……いや、実際に君もジョンも似たような状態から生き返ったのだから、そういうことも本当にあるのだろうけれど」

「『君も』？」

「君はバルコニーから転落して、頭から血を流した状態で発見された。ジョンが転落したのは階段だけれど」

「……ああ、そうだったわね」

オフィーリアは殺されたとき、まずハーブティーに入っていた毒が回り、意識が朦朧《もうろう》とし、呼吸が苦しくなっていった。そのあとに改めて首を絞められ、かろうじて息はあるという状態のときにバルコニーから投げ落とされたのだ。

オフィーリアにとっては、毒を盛られて首を絞められて殺されたという感覚だけれど、他の人にとっては転落死の印象が強いのだろう。

（たしかに似ている……）

発見された場所は違うけれど、二人とも頭から血を流して死んでいた。デイヴィットがそう言いたくもなるのもわかる。

「それに、生き返った状況もそっくりだ」

「そっくり……？」

「すぐに生き返らず、翌々日のチェレスティーン大聖堂で、鐘が鳴っている最中に……というところもね。みんなの反応もあのときと全く同じだったよ」

　オフィーリアは、自分が生き返ったときのことを振り返ってみる。

　——チェレスティーン大聖堂で鐘が鳴っていた。

　最初の記憶は音だ。自分が生き返ったときもあの鐘が鳴っていた。それからゆっくり聴覚以外の感覚も戻ってきた。

　そういえば、妖精王リアに鐘が四十回鳴ったら生き返ると夢の中で教えてくれて……。

（まさか、ね……）

　状況がところどころ似ているのはただの偶然だ、とオフィーリアは自分に言い聞かせる。

「……ジョンが生き返ったとき、鐘は何回ぐらい鳴ったあとだったかしら」

「鐘の回数？　それは数えていないけれど……鳴り始めてからしばらくは経《た》っていたはず」

　しばらくというのはどれくらいだろうか。少なくとも、数回ではない。

　ジョンの棺《ひつぎ》がチェレスティーン大聖堂に運ばれて、鐘が鳴り始めて、最後の別れにやってきた皆に挨拶をして……その間のオフィーリアの記憶はあまりにも曖昧だ。あのときは、薄い絹布に包まれたような感覚に陥っていた。

(そうだわ！　花の匂い……！)

ジョンに抱きついたとき、花の香りがした。棺は花で満たされていたから、当然のことだけれど、かつて夢の中で妖精王リアと話をしたときの花の匂いによく似ていた気がする。

(ジョンにも呪いが……いいえ、ありえない！　だって、妖精王リアの王冠の呪いは、所有者にしかその効力を発揮しないはず……！)

オフィーリアはそのとき、自分の言葉に疑問を持った。

『所有者』とは、王だけでいいのだろうか。所有者が王家という大きな枠組を意味するのであれば、ジョンも含まれるはずだ。

「……デイヴィット、『妖精王リアの王冠の所有者』と言われたら、誰のことだと思う？」

「国王だね」

「王家の人間ではなくて？」

「かぶるのは国王のみだ。王族は関係者ではあると思うけれど」

「そう……よね」

普通に考えれば、所有者は国王のみになる。

オフィーリアは、妙なことを考えてしまった、と首を振った。あのようなことは何度も起こるはずがない。

「ああ、でも、戴冠式直前だったら誰が所有者になるんだろうか。その場合は、たしかに王家が所有者なのかもしれない」

　ディヴィットは、オフィーリアの問いかけによって、改めて『所有者』の定義を考えてみた。その結果、国王が所有者ではない期間もあるかもしれないという見解を持つ。

「戴冠式前なら、前国王が所有者でしょう？」

「亡くなった人が所有者というのも、不思議な感じがしたんだ」

　オフィーリアは、ディヴィットの感想に「そうね」と同意しつつ、自分が生きているときのことと死んだあとのことを考えてみた。

　自分が生きているときなら、王冠は間違いなく自分のものだ。しかし、死んだあとも自分のものかと言われると、たしかに言い切るのを躊躇《ためら》ってしまう。死んでしまった人はもう王冠をかぶれない。

（王冠だけではなく、財産も同じよね。相続した時点で所有者が変更されるのは間違いないけれど、感覚としては所有者が亡くなったときを区切りにしたくなる……）

　どちらにしても、妖精王リアの王冠の所有者は、今もこれからもオフィーリアだ。自分とジョンの死に方に似ている部分があったから、妙なところが気になったのだろう。

「亡くなったときを区切りにしたいのなら、誰のものでもない期間が生まれてしまうわね。

所有者がいない期間もあってもいいかもしれないわ」

オフィーリアの考え方に、デイヴィットも頷《うなず》いた。

「空白の期間が存在してもいいのなら、王冠を取り合っているときは『所有者なし』になるだろう」

「そのとき所有している方が……。いいえ、やはり所有者なしの方がよさそう。王冠は宮殿の宝物庫に保管されていて、実際に王冠を取り合っているわけではないもの」

こうして改めて考えてみると、『所有者』の捉え方は様々である。

妖精王リアは、どこまでしっかり考えているのだろうか。

(なにも考えていないかもしれないわ)

相手は妖精だ。人間の善悪は通じない。人間の感覚で妖精王リアのことを評価するのなら、妖精王リアはヒトの本性の醜さを楽しむという最悪の趣味をもつ妖精である。この国を守護しているとは思えない。

(妖精王リアは、王冠の所有者を生かしてあげようだなんて少しも思っていなかった。こちらの事情なんてお構いなしよ、きっと)

妖精王リアなら、人間の感覚での区切りである『死ぬまで』『空白期間』『戴冠式後』よりも、もっとわかりやすい一言で終わる定義を好みそうだ。ニンゲンの事情なんてわからないよとケラケラ笑うだろう。

「もっと簡単でわかりやすい定義にするのなら、やはり戴冠式が区切りかしら」

オフィーリアが、妖精王リアに一言で説明するのなら……と考えていると、デイヴィッ トはその定義の穴を指摘してきた。

「盗まれた場合、所有者はどうする？」

盗人《ぬすっと》が……と言いかけたオフィーリアは、そこで言葉を止める。

（盗めと指示した人がいて、雇われた人が盗んだのなら、盗んだ人か指示した人のどちらかが所有者になるわよね。王冠を実際に持っている人が所有者だとしたら、雇われた人が雇い主に王冠を渡せば、その時点で所有者は切り替わる……？）

オフィーリアは何気なく『所有者』という言葉を使っていたけれど、誰にでも納得できる簡単な定義をつくるのは難しかった。

「……やはり本来の持ち主が『所有者』だと思うわ。盗人は盗人よ」

オフィーリアはそう言いながらも、盗まれた先で売られた場合、所有者は変わってしまう気もしてきた。

「所有者の定義を一言で説明したかったのだけれど……」

「一言で説明したいのかい？　う〜ん、そのとき持っている人……だと、保管中が常に空白期間になってしまうから……ああ、そうだ」

デイヴィットは、満足のいく定義を思いついたらしい。

「――〝最後に触った人〟というのは？」


王冠の場合は、戴冠式で次の国王がかぶるまでは、前国王が所有者。

盗まれてしまった場合は、持ち去った人が所有者になり、次に誰かが触れるまではその盗人が所有者のまま。盗人が誰かに売ったら、受け取った人が次の所有者になる。

これなら空白期間が生まれないし、一言で説明できる。デイヴィットが考えた定義に、オフィーリアはなるほどと納得した。

「あ……、でも大司教が戴冠式で王冠に触れるから……」

あの一瞬だけは大司教が所有者になる。それも不思議な感じがする。

「大司教問題を解決するには……ああ、直接触れたかどうかにしよう。これなら、王冠が君の頭に直接かぶせられるまで、前国王が所有者だ。大司教も侍従たちも手袋越しで触れるし、なんなら盗人も汚さないように手袋をはめているかもしれない」

追加の条件もとても簡潔なものである。

いいわね、とオフィーリアは頷いた。

「直接触れたかどうか……。これならわかりやすいわ」

妖精王リアも、これぐらいはっきりしている定義なら、王冠の所有者が誰なのかで迷わないだろう。

オフィーリアがこの定義に感心していると、デイヴィットがふっと笑う。

「急に王冠の所有者を気にし始めたのはどうして？」

ごもっともな疑問だ。オフィーリアは、いつもだったら答えずに話を終わらせただろうけれど、ジョンの葬儀の手配をしてくれたデイヴィットに恩を感じていたので、適当な理由を口にした。

「私とジョンが命を落とすことになっても貴方《あなた》に王冠をかぶせないで、という遺言を書いておかなければならないと思ったからよ。所有者の定義の話は、遺言状について考えていたときにふと思いついただけ」

デイヴィットは、オフィーリアの説明を聞いてにやりと笑う。

性格の悪さが滲《にじ》み出《で》るその表情に、オフィーリアは呆《あき》れてしまった。きっとこの男は、オフィーリアが死んだら国王の部屋を徹底的に捜索し、自分にとって都合の悪い遺言状を破棄するだろう。今のうちから対策を考えておかなければならない。

「この定義だと、妖精王リアの王冠を最後に触ったのは私だから……、今の所有者は私で間違いないわ」

戴冠式のとき、オフィーリアは妖精王リアの王冠を直接かぶった。次にかぶるのは春を告げるときになる……と、これまでとこれからのことを考え、はっとする。

（違う！　私は生き返ったあと、王冠をこの部屋に持ってきてもらって……！）

オフィーリアが妖精王リアの王冠を箱から取り出し、中央部のサファイアに触れたら、妖精王リアの声が聞こえてきた。そして、ぺらぺらの妖精王リアが現れて、この部屋を飛び回ったのだ。

オフィーリアが妖精王リアを最後に見たのは夢の中だ。そして翌朝、オフィーリアは妖精王リアにまた出てきてほしくて、ジョンにも妖精王リアの王冠のサファイアを……。

（触ってもらった……！）

どくりとオフィーリアの心臓が跳ねる。そんな、まさか、と自分に言い聞かせている最中も、鼓動が速くなっていった。

（いいえ、ジョンにサファイアを触らせたあと、私が王冠を箱にしまったはず……！）

妖精王リアの王冠は、白くて柔らかい絹地に包まれた状態で箱に入れられている。オフィーリアは、妖精王リアの王冠を汚さないように絹地で包み、両手で抱えて箱にしまった。

「……そんな！」

『最後に直接触った者が所有者』であるのなら、今の所有者はジョンだ。

オフィーリアは恐ろしい想像をし、顔色を変える。

ジョンが妖精王リアの王冠の呪いで生き返ったのか、そうではないのか、急いで確かめなくてはならない。しかし、どうやって確かめたらいいのだろうか。

「オフィーリア？」

「ジョンに会ってくるわ！」

オフィーリアは淑女らしくないとわかっていても、ドレスの裾を翻しながら早足で歩き出す。

オフィーリアらしくないその行動に、デイヴィットはなにかを感じ取ったのだろう。こないでと言われないように、無言でオフィーリアについていった。

四

ジョンにはゆっくり休んでもらおう。

オフィーリアはそんなつもりでいたのに、急いで確かめなければならないことができてしまった。もしもこの恐ろしい想像が真実だったら、猶予は十日間しかない。

「ジョンの容体はどうなの……!?」

オフィーリアがジョンの部屋の前までくると、ちょうど医師が出てきたところだった。

医師はオフィーリアに慌てて頭を下げ、ジョンの診察結果を教えてくれる。

「頭の傷は塞がっていました。しかし、頭の傷というものは、小さくてもとても危険です。しばらくは安静にすべきでしょう」

「そう……、ひとまずはよかったわ」

オフィーリアがほっとしていると、後ろでデイヴィットが「そんなことってあるのかな?」と呟《つぶや》く。それにひやりとしたオフィーリアは、思わず振り返った。

「なにか気になるところでもあるの?」

「……う〜ん、ジョンの傷は酷《ひど》かった。こんなに簡単に塞がるのかな……とね。君のときにも同じことを思ったよ。快復が早くて困ることはないからいいんだけれど」

最終的にオフィーリアとジョンの両方に死んでほしいデイヴィットは、二人の快復が早かったら困る。

オフィーリアはデイヴィットにそんな嫌味を言ってやりたかったけれど、今はそれどころではないと自分に言い聞かせた。

（私のときは……、事情が事情だったから、自分の大怪我《おおけが》が治っていてもなにも思わなかった。でも、私のときもしばらくは起き上がれなくて当然の傷だったはず……！）

オフィーリアはジョンの部屋に入る。ジョンの侍従に寝室の扉を開けてもらうと、オフィーリアに気づいたジョンが慌てて身体《からだ》を起こそうとした。

オフィーリアは、まずジョンに優しく微笑《ほほえ》みかける。

「そのままでいいわ。ジョン、大変だったわね」

女官がベッドの横に椅子を二つ用意してくれた。本当はディヴィットをここから追い出したかったけれど、ジョンとディヴィットは親しくしているし、怪我人の前で騒ぐのはよくないので我慢する。

「すみません、姉上。皆を騒がせてしまって……」

「いいのよ。……舞踏会の日のことは思い出せそう？」

オフィーリアは、ジョンに事件の記憶を順番に辿《たど》らせていくつもりだった。突然夢の話を訊《き》きたがるのは、あまりにも不自然だ。

「あの夜は……ロレンスに呼び出され、舞踏会の間を出て、大臣の階段に向かいました」

「バトラー卿《きょう》に？　なにかあったの？」

「その、マーガレットのことで……」

ジョンとマーガレットの婚約破棄を決めたのはオフィーリアだ。

オフィーリアは、ジョンの手をそっと握る。

「貴方ではなく、私が聞くべき話だったようね」

「いいえ！　あれは、僕が聞くべき話だったんです！　……ヒューバートのことも関わっていたので……」

ジョンの元婚約者であるマーガレット・バトラー。

マーガレットの秘密の恋人であるヒューバート・フィリップス。

その二人の仲に激怒したロレンス・バトラー。

社交界の女王でもあるオフィーリアは、ジョンとマーガレットとヒューバートの三角関係についての詳しい話を知っていた。マーガレットの浮気を知らなかったのは、マーガレットの父と兄、そしてジョンだけだっただろう。

（ジョンと結婚したら、マーガレットも流石《さすが》に自重すると思っていたけれど……）

おそらく、マーガレットもそのつもりだったはずだ。ヒューバートも、今だけは……という気持ちでマーガレットと密会していただけだろう。

しかし、彼らはチャンスを摑《つか》んでしまった。結婚できるかもしれないという夢を見てしまった。もうそのチャンスを手放せない。

「大臣の階段を上がって、踊り場を通りすぎたあと、二階へ上がったところに落ちているハンカチに気づきました。それで一段手前で立ち止まって、ハンカチを拾おうとして屈《かが》んだんです。そのとき、突然後ろから殴られました」

ジョンの証言は、事件現場の状況と一致している。

倒れてから移動させられたとか、犯人が小細工をしたとか、そういう可能性は低そうだ。

「貴方にとっては、殴られたあとに意識を失い、目覚めたら大聖堂にいた……ということ？」

「はい。おそらくですが、僕は殴られてからしばらくの間、意識がありました。頭から血が流れている……と思った記憶があります。目が見えなくなっていたようで、犯人の顔を見ることはできませんでした」

あれだけ血を流したら、誰だって貧血を起こすだろう。意識が少しあったことは、奇跡のようなものだ。

「犯人の足音は？」

「聞いていません。意識がかなり朦朧《もうろう》としていたので……」

ジョンにとっては、本当に突然の出来事だった。

犯人に繋《つな》がる手がかりは、被害者のジョンですら握っていない。

「ジョン、殴られる前は？　足音は？　すれ違った人は？」

デイヴィットに質問されたジョンは、記憶を遡っていく。

「殴られる前……足音は聞いていない。階段ですれ違った人もいなかった。いきなり後ろから殴られたんだ」

「そうか。階段には絨毯《じゅうたん》が敷いてあるから、足音を殺してそっと近づくことも可能だろう。現時点では犯人を特定するのは難しいな」

オフィーリアは、ジョンに心配しているという顔を見せながらもどきどきしていた。この会話の流れから、どうにかして夢の話に持っていかなければならない。

「……私は仮死状態にあったとき、全く声が聞こえなかったというわけではなかったの。大聖堂にいたときは、みんなの話し声が聞こえていたわ。貴方《あなた》もなにか聞いていない？　なんでもいいのよ。泣き声を聞いたとか、笑い声を聞いたとか、些細《ささい》なことでも……」

妖精王リアの声を聞いた？　と直接尋ねるのは流石に躊躇《ためら》った。

あの妖精王リアの独特の笑い声は、一度聞いたら忘れられない。ジョンもあの声を聞いたのなら、それらしいことを言うはずだ。

「意識が……、ぼんやりしていて……。僕は殴られたあとのことを、ほとんど覚えていないんです。……でも、たしかに、不思議な笑い声を聞いたような……」

「頭を殴られたんだから、記憶が不確かになっていて当然だ。なに一つ思い出せなくても、心配することはないよ」

デイヴィッドがジョンを慰めている。

しかし、オフィーリアは激しく動揺していた。その微笑ましいやりとりを見守ることもできない。

(不思議な笑い声……もしかして!?)

オフィーリアは目眩《めまい》を感じる。自分の手のひらに爪を立て、小さな痛みによってなんとか正気を保った。

倒れている場合ではない。絶対に確かめておかなければならないことがある。

ジョンの復活が奇跡ではなく、呪いだとしたら、ジョンはまた十日後に——……。

「ねぇ、ジョン。その笑い声は、ケラケラという、男のような、女のような、人のような、鳥のような……そんな笑い声ではなかったかしら？」

喉が渇いているせいか、オフィーリアの口からはいつもの可憐《かれん》な声が出てきてくれなかった。それでもなんとか声を絞り出せば、ジョンが首を傾《かし》げる。

「そう……かもしれません。あの笑い声はこれだと言えるようなものではなくて……」

やはり、とオフィーリアは目を見開く。

「なにか夢は見なかったの？　妖精が出てきたりとか……！」

「……夢は見た気がします。でも、どんな夢だったのか……う～ん……」

「ゆっくりでいいから、思い出してちょうだい！」

ジョンが頭を押さえながら、必死に記憶を探る。

オフィーリアがはらはらしていると、デイヴィットに肩を叩《たた》かれた。

「ジョンにはそろそろ休んでもらおう。……オフィーリア、犯人に繋がる手がかりがほしいのはわかるけれど、ジョンはまだ怪我人だからね」

デイヴィットのやんわりとした制止に、オフィーリアは息をそっと吐いた。

その通りだ。ジョンは休むべきときである。こうやって感情的に問い詰めてはいけない。

落ち着いて、と自分に言い聞かせた。

(本当に妖精王リアの王冠の呪いだとしても、明日死ぬというわけではないわ)

焦ったら、大事なことを見落としてしまう。これは自分のときにあったことだ。

「……ええ、そうね」

オフィーリアは、ジョンから手を離す。

こわばりそうになっている表情をなんとか微笑みの形に戻した。

「まずは休んで。なにかあったら遠慮なく私を頼ってね」

とりあえず、ジョンの警備を増やしてもらおう。どんな恨みがあっての犯行かはわからないけれど、犯人がジョンを再び殺しにくる可能性はある。

（これがもし妖精王リアの王冠の呪いによって生き返っただけだとしたら、残された時間はあと十日。その間に呪いの発動条件を揃《そろ》えないと……！）

呪いの発動条件は四つ。

持ち主が病死でも事故死でもなく、殺されてしまうこと。

殺される瞬間に強く願うこと。

生き返っている十日の間に、願いを叶《かな》えること。

自分を殺した犯人を殺さないこと。

これらの条件をクリアしたら——……ジョンの代わりに、ジョンを殺した者が死ぬ。

ジョンを生かしておきたければ、オフィーリアは妖精王リアの王冠の呪いを正しく発動させる必要があるのだ。

（私にできることは二つ。十日間でジョンの願いを叶えること。それから——……ジョンを殺した犯人を見つけ、犯人が殺されないようにすること）

犯人が己の罪に押し潰され、自殺してしまったら、条件を満たせなくなる。犯人がこの事件をどう受け止めているのかはわからないけれど、できる限り急いで身柄の確保をしておきたい。

（ジョンは絶対に死なせない。私がなんとかしてみせる……！）

妖精王リアはきっと今、オフィーリアを見てケラケラと笑っているはずだ。

どんな手を使ってでも弟を生かそうとしているニンゲンの本性を、とても楽しんでいるだろう。

二章

一

オフィーリアは、ジョンの部屋を出て国王の部屋に戻る。すると、大侍従卿《だいじじゅうきょう》ウィリス・ハウエルから、待合の間に大司法卿《だいしほうきょう》ホリス・コーリンがいることを伝えられた。

「謁見の間に通してちょうだい」

「承知致しました」

少し前、オフィーリアが殺されたあとの手続きにて、不手際が生じたことがある。生き返ったオフィーリアによってホリスはその責任を取らされ、静養という形の謹慎処分を与えられてしまった。

ホリスは、オフィーリアに「怠けたら首にする」と身を以《もっ》て教えられてから、オフィーリアに頼まれた仕事を真面目にやるようになっている。

「妖精王リアに守られし春告げる王よ、お目見えすることができて光栄でございます」

「理想郷《アルケイディア》に住む子らよ、春の陽射《ひざ》しが貴方《あなた》たちに降り注ぐでしょう」

オフィーリアは謁見の間でホリスとお決まりの挨拶をしたあと、ホリスにソファへ座るよう促す。それからデイヴィットをちらりと見た。

「護国卿《ごこくきょう》のことは気にしないで。暇潰しをしにきているだけだから」

「そ、そうですか……」

ホリスは、オフィーリアとデイヴィットが議会で派手にぶつかり、オフィーリアが完全勝利したところを見ていない。そのときは謹慎処分を受けていたのだ。

知らないうちに国王夫妻の間で起きていたことは勿論気になっているけれど、知らない方がいいのかもしれないとも思い、あえて詳しい話を聞かないようにしていた。

「メニルスター公爵殿下殺害事件……っ、いえ、殺害未遂事件についての現時点での調査報告でございます！」

まだ死んでないでしょうというオフィーリアの冷たい視線に気づいたホリスは、ひっと息を呑《の》んで言い直した。それでいいとオフィーリアは頷《うなず》く。

「メニルスター公爵殿下は、ロレンス・バトラー侯爵に呼び出され、舞踏会の間から屋上庭園へ行くために大臣の階段を上っていました」

「事件現場近くに見張りの兵士はいたの？」

「はい。間取り図を持ってきました。大臣の階段の前に二名の兵士が配置されていて……、ここですね。踊り場には配置されていません。二階に上がって絵画の廊下を歩いて左に曲がった先……空中庭園に出る扉の前にも二名の兵士が立っていました。大臣の階段を更に上り、上り切ったところを左に曲がると屋上庭園へ出る扉があるのですが、その前にも二名の兵士が立っていました」

「ジョンのところに一階から大臣の階段を使って行くのなら、見張りの兵士の前を通る。二階から廊下を歩いて向かっても、屋上庭園から階段を使って下りてきても、ジョンを後ろから殴りたいのなら、必ずジョンとすれ違う。そういうことなのね」

「そうです。メニルスター公爵殿下の話によると、二階部分に白いハンカチが落ちていたそうです。二階に上がる直前、最後の一段に足をかけながら拾おうとして屈《かが》んだとき、後ろからいきなり殴られたとおっしゃっていました。凶器は一階と二階の間の踊り場に飾られていたブロンズ像です。メニルスター公爵殿下は殴られた衝撃によって、バランスを崩して仰向けに倒れ、五段ほど滑るようにして落ちていき、そこでようやく止まりました」

オフィーリアは、そのときの残酷な光景を思い浮かべてしまう。

犯人はどうしてこんな酷《ひど》いことができたのだろうか。

「ジョンが倒れたあとの犯人の動きは？」

「犯人はブロンズ像を投げ捨て……というよりも、殴ったときにうっかりそのまま落としたのか、自ら手を離したのでしょう。絨毯《じゅうたん》が敷いてあっても、ブロンズ像が階段に落ちた音は響き、一階から大臣の階段を上ってきていたバトラー卿、一階の階段前にいた見張りの兵士二名、二階にいたヒューバート・フィリップスと、空中庭園の扉の前にいた見張りの兵士二名、それから屋上庭園に出る扉の前にいた見張りの兵士二名、その近くにいたマーガレット・バトラーがその音を聞いています」

「犯人を見た者は？」

「いませんでした。音を聞きつけ、真っ先に事件現場に到着したのはヒューバートと空中庭園前の見張りの兵士一名です。最も近くにいたバトラー卿は、音を聞いてはいたものの慌てることなく階段を上がっていたため、ヒューバートより少し遅れて到着しました。見張りの兵士が医師を呼びにいったあと、ヒューバートが周囲を確認し、二階の絵画の廊下の窓……この窓が開いていて、台座の上の花瓶が落ちていることに気づきました。ヒューバートは急いでその窓から外を見たのですが、暗くてなにも見えなかったそうです」

大臣の階段を上って二階に行くと、絵画の廊下に出る。絵画の廊下の北側には窓が並んでいて、そこには花が飾られた花瓶と、花瓶を乗せるための台座もあった。

「ヒューバートは犯人を捜すために兵士へ声をかけにいき、バトラー卿はその場に残ってメニルスター公爵殿下に呼びかけ続けました。メニルスター公爵殿下が襲われたという話が王宮警備隊に伝わったあと、すぐに犯人の捜索が始まりました」

ここから先のことは、オフィーリアも知っている。

舞踏会の間にいたオフィーリアは、大司馬卿《だいしばきょう》からジョンが襲われたという話を聞き、ジョンの部屋に駆けつけたのだ。そのときにはもうジョンは冷たくなっていた。

「犯人はまだ見つかっていないのよね？」

「はい。大司馬卿に協力を要請し、すぐに宮殿と王都の捜索を始めましたが、手がかりが摑《つか》めていません。不審人物の目撃証言も一切ないので……」

「……一切？　不審人物についての報告は本当に一切ないの？」

「はい。〝不審人物〟はいませんでした」

ホリスの思わせぶりな報告に、オフィーリアは考え込んでしまった。

最初は、侵入者がいると思っていた。しかし、王宮の警備兵が怪しい人物を見ていないのであれば……。

（舞踏会の招待客の中に、犯人がいるのかもしれない）

オフィーリアは歯を食いしばり……、深呼吸をした。見張りの兵士や女官や侍従の中に犯人がいる可能性もある。侵入者が誰にも見つからなかったという奇跡を起こした可能性もある。この段階での決めつけはよくない。

「侵入者の可能性は捨てないでおきましょう。……でも、この状況なら内部犯に絞って捜査をした方がよさそうね」

オフィーリアが捜査の方向性を決定すると、ずっと黙っていたデイヴィットがここにきて口をはさんでくる。

「あの夜、大司馬卿に頼んで、招待客の服や持ち物の確認と、侍従や女官、召使の身体検査をしておいたよ」

デイヴィットが「そうだよね」とホリスに言えば、ホリスは慌てて頷いた。

「……どういうこと？」

「君は弟の傍《そば》についていなければならない。君は女王陛下だけれど、ジョンの姉でもあるからね。だから私が代わりに犯人が誰なのかを考え、動いていたのさ」

デイヴィットは、ジョンが殴られたという事件に動揺することなく、やるべきことをしっかりやっていた。褒められるべきことなのだろうけれど、あまり褒めたくはない。

「それで、手がかりは見つかったの？」

「残念なことに、血で汚れた紳士淑女はおらず、血で汚れた使用人も兵士もいなかった。王宮内に着替えを用意して、血のついた服を隠しているという可能性もあるから、その確認は大司馬卿にしてもらっている最中だよ」

本当に有能な男だ。どうして王家の血を引いていないのかと、オフィーリアは嘆きたくなる。

「ならそちらの調査は大司馬卿に任せましょう。……大司法卿、第一発見者や第二発見者は念のために疑わなければならないわ。ヒューバートとバトラー卿から話は聞いた？」

「はい。こちらにまとめてあります」

ホリスが聞き取り調査の報告書をオフィーリアに渡してきた。オフィーリアが口うるさく言わなくても、ホリスはきちんとやるべきことをやっていたようだ。

「第一発見者のヒューバートは……」

オフィーリアが報告書をめくると、ホリスが説明を始める。

「事件前、ヒューバートは空中庭園に出る扉の前でカフリンクスを落としてしまい、見張りの兵士にそのことを教えてもらったそうです。ヒューバートはすぐに拾ったカフリンクスをつけ直そうとしたのですが、そのときに妙な音を聞きました。見張りの兵士二名もその音を聞いています」

「……ヒューバートは、ジョンが殴られたときに見張りの兵士と共にいた。ヒューバートが犯人ではないことは確実ね。バトラー卿は？」

「音が聞こえる少し前、一階の階段前の見張りの兵士がバトラー卿の姿を見ています。犯行はぎりぎり可能かもしれません。急いで階段を駆け上り、踊り場でブロンズ像を掴み、メニルスター公爵殿下を殴ってブロンズ像を手放し、踊り場の向こうまで戻り、ヒューバートがきてから今きたように見せかけることができれば……」

今のところ、有力な犯人候補はロレンス・バトラーだ。

しかし、オフィーリアは首を傾《かし》げてしまった。

「バトラー卿にはジョンを殺す動機がないはず……」

オフィーリアと同じことを、デイヴィットもホリスも思っているだろう。

（バトラー卿は、妹の婚約者であるジョンと親しくしていた。ジョンと喧嘩《けんか》をしたという話は一度も聞いたことがない。……バトラー卿はジョンとマーガレットの婚約破棄に反対していたけれど、それは妹のためではなく、バトラー侯爵家のためにしていたこと。ジョンには自分の妹と結婚してもらわなければ困る。殺したいどころか、守りたい相手のはず）

ジョンが襲われたら、ロレンスはジョンを守ろうとするだろう。なにかあって、かっとなって殴ったということもありえなくはないけれど、直前に二人が揉めていたという話はどこからも聞いていなかった。

「……バトラー卿《きょう》に犯行が可能だったのかを試してみましょう。大司法卿《だいしほうきょう》、舞踏会の日に見張りをしていた兵士を呼んできて。あと、ジョン役とヒューバート役とバトラー卿役をする兵士も連れてきて」

「承知致しました」

ここで話をしていても、想像することしかできない。実際にあの夜の出来事を見てみれば、ロレンスがどのぐらい怪しいのか、はっきりするはずだ。

オフィーリアは、舞踏会の夜に起こった襲撃事件の再現をすることにした。

一階の階段前に立っていた見張りの兵士や、空中庭園に出る扉の前で見張りをしていた兵士に再び同じ位置へついてもらい、あの夜の通りに動いてもらう。

「ヒューバート様はここでカフリンクスを落としました。私はヒューバート様に声をかけ、ヒューバート様がカフリンクスを拾うところと、カフリンクスをつけようとするところを見ていました」

まずは空中庭園の扉の前にいた兵士たちの動きを確認していく。

「ヒューバート役はここで落としたものを拾うふりをしてみて」

「わかりました」

ヒューバート役の兵士は、指示された場所でカフリンクスを拾うふりをした。

オフィーリアは、見張りの兵士たちの視線を観察しておく。彼らがヒューバートへ気を取られた隙に、こっそり横をすり抜けていった者がいるかもしれない。

しかし、カフリンクスの落下を教えた見張りの兵士はヒューバートの動きをじっと見ていたけれど、もう片方の見張りの兵士はきちんと廊下を見続けていた。

「貴方《あなた》はあの夜も廊下を見ていたの？」

「はい。相方と同じところを見ないようにしています」

見張りの兵士は必ず二人一組になっていて、必ず別々のところを見るようにしている。持ち場を離れなければならないときは、必ず片方を残す。これは軍人としての基本的な動きだと聞いている。見張りの兵士たちのこの証言は、信用してもいいだろう。

「あのとき、妙な音……物が落ちるような音を聞いたらしいわね。……ブロンズ像を落としてきて」

オフィーリアは兵士を一人走らせ、大臣の階段で待機をしている兵士に合図を送る。すると、ごとんという鈍い音がかろうじてここまで響いてきた。

「この音だった？」

「間違いありません」

あの夜、見張りをしていた兵士二人は、オフィーリアの確認に頷《うなず》く。

「音を聞いたあと、ヒューバートが走り出したのよね？　貴方たちはどうしたの？」

ヒューバートに声をかけた見張りの兵士が手を挙げる。

「私がヒューバート様に少し遅れてついていきました」

「少し遅れたのはどうして？」

「相方に私が行くと告げてから走り出したんです」

見張りの基本はしっかり守られていた。どちらが行くかを確認して、片方をしっかり残したらしい。

オフィーリアは、ヒューバート役と走っていった見張りの兵士と共に、部屋を一つ抜けて大臣の階段まで移動する。

「先にこの階段に着いたのはヒューバートだったのよね？」

「はい。ヒューバート様は『ジョン』と叫び、倒れているメニルスター公爵殿下に駆け寄りました。そのすぐあとにバトラー侯爵閣下が階段を上がってきました」

「……そう。貴方たちは空中庭園の扉の前まで戻ってちょうだい。ブロンズ像が落ちた音を聞いたら、また駆けつけてくれる？」

「わかりました」

空中庭園側の確認は終わった。次は一階の階段前だ。

「貴方たちは、大臣の階段を使った人たちを見ていたのよね？」

「はい」

オフィーリアは、大臣の階段前に立っていた見張りの兵士二人に細かい確認をしていく。

「ジョンが上がっていったあと、少し経《た》ってからバトラー卿が現れ、彼も階段を上がっていった……。間違いないわね？」

「はい」

ジョンは後ろから殴られたので、ジョンよりも先に犯人が階段を上がっていったのであれば、ジョンは階段の途中で犯人とすれ違わなければならない。

ジョンは階段で誰ともすれ違わなかったと言っているので、後から上がってきた人に殴られたことだけは確定している。

「時計を見ていたわけではないから、正確な再現にはならないでしょうけれど、やってみましょう」

オフィーリアは、ジョン役とロレンス役にどう動くのかを説明し、まずはジョン役に階段前の見張りの兵士の横を通らせた。

ジョン役が階段を上がっていき、踊り場を通っていったぐらいのところで、ロレンス役も見張りの兵士の前に現れる。ロレンス役は見張りの兵士の横を通りすぎた直後、急いで階段を駆け上がった。しかし、ロレンス役がジョン役へ追いつく前に、ジョン役がハンカチを拾って二階に上がってしまう。

「音が聞こえたのはこのときだと思います」

見張りの兵士は、ジョンがハンカチを拾ったぐらいのところでそう言った。音のタイミングは皆の証言と一致している。だとしたら、彼らの記憶はそう間違っていないはずだ。

(バトラー卿はどれだけ頑張っても、ジョンに追いつけなかった可能性が高い)

それでも一応、追いつけたという前提でこの状況を見てみることにしよう。

「バトラー卿役がジョン役に追いついて殴ったところから再現してみましょう。バトラー卿役はこのブロンズ像を持ち、屈《かが》んでいるジョン役を殴るふりをして」

凶器となったブロンズ像は、成人の男性ならなんとか片手で持つことができるという大きさと重さだ。オフィーリアは両手を使わないと持てないし、振りかぶることも難しい。

「では……」

ロレンス役がブロンズ像を振り下ろし、手を離す。

再びごとんという大きな音が鳴り、ジョン役は倒れたふりをした。

ロレンス役は慌てて階段を下りていき、踊り場を通りすぎる。そのときにヒューバート役が駆けつけて、「ジョン!」と叫んだ。そのあと、ロレンス役は再び上がってくる。

「……バトラー卿は、ジョンを殴ったあとに、階段を急いで下りて今上がってきたように見せかけることはできるみたいね」

オフィーリアは二階に上がり、右側にある窓を見る。

この窓は開いていた。そして花瓶も倒されていた。

ロレンスが犯人なら、この窓が開いていた説明をしなくてはならない。

オフィーリアが黙って窓を見つめていると、オフィーリアの近くでずっとこの再現を見守っていたデイヴィットが、ついに口を開く。

「この窓は、外部からの侵入者によってたまたま直前に開けられたという可能性もある」

デイヴィットが窓を見て、内側にある窓の鍵を指差した。

「その場合、鍵をどう開けたのかという問題が出てきてしまうけれど」

問題を一つ解決したら、新しい問題が出てくる。

オフィーリアは、デイヴィットによって生み出された新たな問題に、こじつけの答えを作った。

「侵入者が、女官や侍従を買収して鍵を開けさせたという偶然も必要みたいね」

「そう。そしてもう一つ、買収された女官や侍従が窓を開けるときに怪我《けが》をしたという偶然も必要になる。花瓶に少しだけ血がついていたからね」

偶然を三つ揃《そろ》えるよりも、ジョンを殴ったときに血をつけてしまった犯人が花瓶を倒しながら窓から出ていった――……の方が自然である。

「念のために、この辺りの巡回の兵士と見張りの兵士の証言を確認しておきましょう。理由もなくこの近くを通っていた者が怪しいわ」

ロレンスが怪しいのはたしかだけれど、犯人ではない気がする。動機がなく、ジョンに追いつくのが難しく、おまけに窓が不自然に開いていた。

今はあらゆる可能性を探るべきときだろう。

二

――ジョンが生き返ってから二日目。

ジョンは爽やかな朝日を浴びながら外を眺める。

「お身体《からだ》の具合はいかがでしょうか？」

「なにか気にかかることはございませんか？」

「滋養がつくものを、と女王陛下がおっしゃっておりました」

すぐに医師がきて、侍従がきて、ジョンを気遣ったり朝食の希望についてあれこれと尋ねたりしてくる。

（……僕は本当に死にかけていたんだな）

ジョンにとっては、殴られて意識を失ったけれど助かったという感覚でしかなかった。

しかし、皆から「奇跡だ」「生き返ってよかった」と口々に言われたのだ。

最初は首を傾《かし》げていたけれど、少しずつ周囲の気持ちを理解できるようになってきた。

そして、今のままでは駄目だと思うようにもなった。

「僕が生き延びられたのは、神の奇跡や妖精王リアの加護のおかげなのかもしれない。僕はこれから、神や妖精王リアに感謝し、強さと優しさを兼ね備えて気高く生きていくべきだ……！　うん、きっとそうだ！　そうしなければ、また死にかけてしまうかも……！」

ジョンが「よし！」と気合を入れると、デイヴィットがやってくる。

デイヴィットは心配そうな顔をして、まずは怪我の心配をしてくれた。

ジョンは明るくもう大丈夫だと答える。

頭の怪我の出血は多いということは、軍で習っていた。きっと自分もそうだったのだろう。見た目ほどの深い傷ではなかったのだ。

「怪我をしたことで、僕は色々なことを改めて考えたんだ」

ジョンとデイヴィットは、窓際に置かれたテーブルセットで向き合うようにして座る。

温かい茶の揺らめきを眺めていたジョンは、大事な話を切り出した。

「デイヴィット、姉上のことをどう思っているんだい？」

ジョンが真《ま》っ直《す》ぐにデイヴィットを見れば、デイヴィットは真摯な瞳で見返してくる。

「私は護国卿《ごこくきょう》だ。女王陛下を夫として、臣下として、支えていきたい」

完璧なる回答だった。しかし、それだけでは駄目だということを、ジョンはもう知っている。

「デイヴィットなら護国卿として姉上をしっかり支えられると思う。でも……、色々あって、今は少し姉上と距離を置いているだろう？　そのことを心配しているんだ」

ジョンは『浮気』というものを楽しめない人間だけれど、デイヴィットは積極的に楽しんでいた。

浮気をするのであればオフィーリアへ気づかれないように楽しむか、それともオフィーリアを大事にして浮気をせずにいるか、どちらかを選ぶのが大人の男というものだ。

しかし、デイヴィットの浮気はこっそりでは収まらず、オフィーリアの耳にも入り……

オフィーリアは激怒した。

「ジョンの心配はわかるよ。でも、こういうのは夫婦の問題で……」

「そんなことを言っているから、いつまでたっても仲直りできないんだ！」

デイヴィットは、説教が始まることを察する。あとは任せてと言って終わりにしたかったのだけれど、ジョンは斜め上にこの話を持っていった。

「僕が姉上との仲を取り持つよ！　仕事以外の……家族としての時間をもっと持つべきだ！　ゆっくり仕事以外の話をしよう！」

名案とばかりに、ジョンが夫婦の問題に口を出してきた。

デイヴィットは、笑い出しそうになるのを必死に堪《こら》える。

これはたしかに名案だ。ただし、デイヴィットにとっては、である。

「いいね。最近のオフィーリアは仕事ばかりだ。休憩する時間も必要だと思う」

デイヴィットが好意的な返事をすると、ジョンは嬉《うれ》しそうな表情になった。

「うん！　ここ最近は食事を一緒に取っていないと聞いていたし、まずはそこから始めよう。あとは暖かい日を選んで冬狩りを楽しんだり、ピクニックをしたり！」

夫婦仲が冷めた。妻の弟の取りなしで、家族の時間をみんなで楽しむことになった。

これは夫婦関係を修復するためのとても真っ当な努力だ。たった一人を除き、皆がいいねと言うだろう。

「ジョンがいてくれて本当に心強いよ。ありがとう」

「こういうことは僕に任せて。まずは身近なことをしっかりやっていこうと思ったんだ」

頼もしいジョンに扉のところまで見送られたデイヴィットは、笑いを噛《か》み殺《ころ》しながら宮殿の廊下を歩いていった。

(これは随分と都合のいい展開になってくれたな)

オフィーリアがお飾りの女王であった頃、デイヴィットはこの国の真の王は自分だという野心を隠さない顔をしていた。

——しかし、オフィーリアは死にかけてから変わった。

女王と護国卿、どちらが上なのかを皆の前で徹底的に知らしめ、自分の気が変わったら護国卿ではなくなることをデイヴィットに突きつけてきた。今やデイヴィットは、オフィーリアの機嫌を取らなければならない立場にあることを自覚させられ、そして皆からもそう思われている。

デイヴィットの夫としての信頼は地に落ちてしまったあとだ。こうなったら、下手に機嫌を取ればオフィーリアを怒らせるだけである。

そこで、まずはオフィーリアに有能であることを示し、切り捨てられない臣下という立場を得ることにした。

(でも、できればオフィーリアの愛をもう一度得ておきたいんだよね)

今のオフィーリアは、デイヴィットのことを愛していない。このままでは、『夫が不能で子をなせないから、離婚をして別の男と再婚し、世継ぎを産みたい』と言い出す可能性がある。それは絶対に避けなければならない。

さてどうしようか……と、考えていたところに、ジョンのこの申し出だ。しばらくはオフィーリアの前で殊勝な態度を取り、オフィーリアに尽くし、信頼回復に努めよう。

「オフィーリアにとっては、最悪の展開だろうな」

くくく、と笑いが込み上げてきた。

デイヴィットは、オフィーリアの心底嫌そうな顔を思い浮かべる。彼女はジョンの取りなしであれば、強く抵抗できないはずだ。ジョンのために渋々デイヴィットと家族の時間というものを持ち、あとでこっそり最悪の時間を過ごしたと憤慨するだろう。

——あの冷徹な瞳に怒りの炎が宿るところを想像すると、愉快でたまらない。

デイヴィットが気分よく歩いていると、とある貴婦人の姿が見えた。

婦人はデイヴィットに気づくなり、にこりと微笑《ほほえ》む。

「ザクトリー護国卿、ご機嫌よう」

「ご機嫌よう。ああ、今日は陛下のお茶会の日だったね」

かつての浮気相手だった婦人に、デイヴィットは節度を持った挨拶をした。今は大人しくしておくべきだ。どこで誰に見られているかわからない。

「女王陛下をお慰めする会になると思っていましたが、メニルスター公爵殿下がお元気になられたので、楽しいお茶会になりそうですわ。……それにしても、随分と嬉《うれ》しいことがあったようですわね」

「そうかな？」

「ええ、顔がとても楽しそうです。私が見る限りで、今までで一番」

ふふふ、と婦人は意味深長な笑いを見せてから、それではと去っていった。

「……そんなに楽しそうだったかな？」

デイヴィットは思わず窓を見る。

しかし、昼間の窓はデイヴィットの顔を映してくれなかった。

オフィーリアが貴婦人たちとの茶会を終えると、ホリスから襲撃事件の調査結果の報告書が届いていた。

オフィーリアは、早速その報告書に目を通していく。

「巡回の兵士が二階の絵画の廊下の窓を最後に確認したのは、舞踏会の間で妖精王リアのための円舞曲《ワルツ》が奏でられているときで、窓はきちんと閉まっていた……」

巡回の兵士は手順通り窓の確認をしたけれど、窓の下にある花瓶の確認は手順にないため、していなかった。しかし、もしも花瓶が倒れていたらおそらく気づいたはずだ、という話をしていたとも書かれている。

「あの辺りを通った人の一覧は……これね」

誰がどこを通っていったのか。どんな理由で通っていったのか。

面倒な作業だっただろうけれど、ホリスは頼んだことをきちんとやってくれた。

ホリスは、やれと命じたことはやってくれるので、これからはその仕事ぶりをしっかり見張り、細かく報告させ、評価していこう。

「……マーガレットは大臣の階段を使い、話し合いのために屋上庭園を目指した。一度は屋上庭園に出たけれど、寒くて誰もいなかったから階段に戻った。屋上庭園に出る扉の見張りの兵士は、マーガレットと同じ内容の証言をしているし、彼らはマーガレットの手になにも握られていなかったことをしっかり確認している。マーガレットは事件発生時、屋上庭園に出る扉近くにいたけれど、怪しい人物は見ていないと言っていた……」

マーガレットは、皆がくるのを待っている最中に大きな音を聞き、どうしたのだろうかと思っていたら人が集まってきて、階段を下りていったらジョンが倒れていたので驚いた……という証言をしている。

（……やはり犯人は、一階から上がってきた人物なのは間違いない）

現場近くにいた者の話。見張りの兵士の話。巡回の兵士の話。

情報を集め、整理し、あの夜になにがあったのかを確認した結果、オフィーリアはため息をつくことになってしまった。

「これはどういうことなのかしら……」

巡回の兵士の証言が正しいのなら、二階の絵画の廊下の窓を誰にも見られずに内側から開けることができたのは、マーガレットのみだ。しかし、マーガレットには窓を開ける理由がない。本人もそんなことはしていないと言っているし、マーガレットのドレスに血はついていなかった。

ヒューバートは倒れたジョンへ真っ先に駆け寄った人物だけれど、空中庭園に出る扉の見張りの兵士と共に行動していて、怪しいところはない。

ロレンスは、階段を上がっているジョンに追いつくことがかなり難しかった。

「この三人が怪しいといえば怪しいけれど、三人とも犯人とは思えない……」

なぜなら、三人にはジョンを殺す動機がないのだ。

マーガレットとジョンは婚約していた。しかし、それは破棄されてしまった。

この決定に恨みを抱いているのは、ロレンスだろう。しかし、ロレンスはジョンとマーガレットの結婚を望んでいるのであって、まだ説得の余地があると思っている今は、ジョンを殺すことなんて考えもしないはずだ。

ヒューバートとマーガレットは、婚約破棄が決定して喜んでいる側だ。彼らはジョンを味方につけ、ロレンスの説得を手伝ってほしかった。彼らもやはりジョンを殺すことなんて考えもしなかっただろう。

「ジョンを殺す殺さないの話になるとしても、それは話し合いの結果次第よね……」

たとえ話し合いが拗《こじ》れてしまったとしても、ジョンはそもそも部外者という立ち位置なのだ。ジョンの死によって、ロレンスがマーガレットとヒューバートの結婚を認めるようになるかというと、そうではない。

そして、ヒューバートとマーガレットは、ジョンが死んでも死ななくても結婚を望むだろう。

――犯人は第三者で、なにか理由があって咄嗟にジョンを襲った。

この事件の真相はそうならないと説明がつかないのに、第三者に入り込む隙がない。

「……とりあえず、ジョンにもう一度話を聞いてみましょう」

犯人捜しも重要だけれど、大事なことは他にもある。ジョンが呪いで生き返ったのかどうかがわからない以上、呪いで生き返ったという前提で動くべきだということだ。

十日間のうちに、いや、もう九日間になっているけれど、期限内にジョンの願い事を叶《かな》えなければならない。

(ジョンはどんなことを願ったのかしら)

オフィーリアは茶会用のドレスから普段着用のドレスに着替え、ジョンの部屋を訪ねた。

ジョンを診察した医師によれば、ジョンの怪我《けが》はすっかりよくなり、顔色もよく元気にしているとのことである。

「ジョン、ご機嫌いかが？」

オフィーリアが声をかければ、ジョンは嬉しそうな顔をした。大人しくしているのが退屈だったようだ。

「もう元気になりました。ですが、医師はまだ安静にしろと言うので……」

「貴方《あなた》は頭を強く打ったのよ。今は医師の言う通りにした方がいいわ」

オフィーリアは女官に二人分の茶を頼み、まずはジョンへ襲撃事件の調査結果についての報告を簡単にしておく。

あまり事件に触れない方がいいのか、それとも気になっていて詳しく聞きたいのか、ジョンはどちらなのだろうか。

オフィーリアは不安になりながら話をしていたのだけれど、どうやらジョンは後者だったようだ。ジョンはオフィーリアの話をしっかり聞き、時々質問もしてくる。

「そういえば、あのハンカチは誰のものだったんでしょうか」

ジョンは頭を殴られる前、ハンカチを拾おうとしていた。

そのハンカチの持ち主捜しは勿論《もちろん》ホリスにさせている。

「ハンカチには名前が刺繍《ししゅう》されていたわ」

「よかった、持ち主が見つかったんですね。誰の名前でしたか？」

オフィーリアは、妖精の女王セレーネのように美しくて可憐《かれん》な微笑みを浮かべた。

「――〝愛《いと》しのディヴィット〟」

しかし、声はとても冷たく低い。

ジョンは心の中で「しまった……」と後悔の言葉を呟《つぶや》く。折角二人の仲を取り持とうとしていたのに、これでは逆効果だ。

「デイヴィットに心当たりを尋ねてみたら、『覚えがない』ですって。そうよね、多くの女性からハンカチを贈られているでしょうし、いちいち誰から贈られたものなのかを覚えていられないわよね」

レースをつけているハンカチは高級品で、持ち歩ける芸術品とも言われている。

その芸術品に名前を刺繍して贈るということは、それだけの愛があるという意味になるのだ。

「……ええっと、愛しのデイヴィットという書き方だと、元の持ち主がいるということですよね？　そちらはわかったんですか？」

ジョンはさりげなく話題をずらした。

オフィーリアはそれに気づかず、ジョンの質問に答える。

「大司《だいし》法卿《ほうきょう》が舞踏会に招かれた人へ、このハンカチを知らないかと尋ねてくれたけれど、持ち主は名乗り出てこなかったわ」

「……！　姉上！　もしかしたらあのハンカチは犯人の持ち物かもしれません！　犯人だと知られたくなくてなにも言わなかったのかも……！」

「私もその可能性を考えていたの。でも、犯人はおそらく男性よ。あのブロンズ像で貴方を殴るのは、女性ではちょっと難しそうで……。それに窓から逃げていったようだし」

女性であれば誰かを殺すとき、『力』に頼ることはない。殺害計画を立てることになったときは、殴ったり首を絞めたりすることを選ばず、刃物や毒を用意するだろう。なにかの理由でかっとなり、とっさにブロンズ像を両手で掴《つか》んで殴ったのだとしても、事前準備もなしに逃げ切れるものなのだろうかという疑問が、今度は出てきてしまう。

「ハンカチは犯人によって用意されたもので、貴方を立ち止まらせるという目的があった。犯人は自分のものではないように見せかけたくて、とりあえずディヴィットの名前を刺繍しておいた。……もしくは、あのハンカチは本当に無関係の者が偶然落としてしまったもので、持ち主は自分のものだとわかっているけれど、犯人扱いをされたくなくて言い出せなかった。そのどちらかだと思うわ」

どちらにしても、ハンカチから犯人に辿《たど》り着《つ》くのは無理そうだ。

「……あとは、持ち主の女性が姉上の怒りを買いたくなくて名乗り出ることができなかった……という可能性もありますよね」

ジョンはおそるおそる三つ目の可能性を口にした。

オフィーリアは、そうねとにっこり笑う。たしかに、女王と護国卿《ごこくきょう》の力関係が変わった今、オフィーリアを敵に回してもいいと思える女性はいないだろう。

「私はもう、ディヴィットがどこで誰となにをしようが、どうでもいいのよ。あのクソったれは、護国卿としての務めを果たしてくれたらそれで充分。夫としての役割を求める気はないわ」

今回のように、悲しみに暮れるオフィーリアを護国卿として支えるだけでいい。

オフィーリアは、デイヴィットとの新しい関係を、どうにかしてこの辺りで落ち着かせたかった。

「姉上は……デイヴィットのことをまだ怒っているんですか？」

「怒っているのではなく、諦めたのよ」

「諦めなくてもいいんです！　デイヴィットは心を入れ替え、姉上に誠実であろうとしていますから……！」

オフィーリアは、弟の素直で優しいところにため息をつきたくなってしまった。

素直な心も優しさも美徳だ。しかし、それだけでは性格の悪い人間……デイヴィットのような者に騙《だま》されてしまう。

──あの男が心を入れ替える日なんてこない。

最近のデイヴィットは、オフィーリアの顔色を窺《うかが》い、護国卿としての務めを立派に果たそうとしている。それは間違いないだろう。しかし、『それはそれ。これはこれ』で強《したた》かに生きている男だ。

デイヴィットはきっと、オフィーリアの見えないところで、今も好みの女性に手を出している。いや、必要とあれば、好みの女性ではなくても口説いているはずだ。

「……僕は怪我をしたことで、この先のことを考えるきっかけと、その時間を得ました」

オフィーリアがデイヴィットのことを考えていると、ジョンがとても真剣な表情で語りかけてきた。

「これまでは姉上の傍《そば》で国王としての心構えを学んでいこうと思うだけだったのですが、もっと積極的に学び、結果を出し、強く優しい人になるべきだと思うようになりました。今できることはとても少なく、身近なものばかりになりますが、その少なくて身近なことを精一杯やりたいです」

生き返ってからのオフィーリアが変わったように、ジョンにも変化が現れている。

明日も姉と話せるとは限らないことを身を以《もっ》て知ったジョンは、『今できること』を改めて考えたのだろう。

「今から僕の言うことは、その少なくて身近なことのうちの一つです。……聞いてください、姉上。僕が死んだら、姉上になにかあったとき、国が大変なことになります」

アルケイディア国の王族は、王を起点にしている。

王の配偶者や子は勿論、王の兄弟や姉妹とその子供、前王の配偶者と前王の両親、そして前王の兄弟とその子供までは王族という扱いだ。

現在、王族と呼べるのは、オフィーリアの母と、弟のジョン、夫のデイヴィットだけである。

そして、王位継承権というものは、王族の中で、王の血を継いでいる者のみに与えられているのだ。

「姉上は早急にデイヴィットと関係修復をすべきです」

ジョンの言葉に、オフィーリアはすぐに答えられなかった。

——世継ぎを作ることは、王の務め。

帝王学を学んだオフィーリアは、そのことをきちんと理解している。かつては毎晩、デイヴィットが寝室にくるのを待っていた。

「勿論、僕もいつ次の王になってもいいように努力し、王妃になるかもしれない新しい婚約者と良好な関係を築くつもりです」

ジョンの言っていることは、なに一つ間違っていない。

オフィーリアは、急いで子供を作るべきだ。ただ、子供の父親は……。

「わかったわ。愛人を作りましょう」

「えぇっ!?」

「王妃の連れ子に王位継承権を与えるわけにはいかないけれど、女王と浮気相手の間に生まれた子には王位継承権を与えてもいい。……そうよ、生まれた子は正式にデイヴィットとの子にしてしまえばいいのよ。私の血を引いていればそれでいいんだから」

これで問題解決ね、とオフィーリアは清々《すがすが》しい表情になる。

ジョンはそういう意味ではないと慌てた。

「待ってください！　デイヴィットに当てつけたい気持ちはわかりますが……！」

「ジョンの快復祝いをすると言って、若い男性を集めたお茶会を開きましょう。仲のいい婦人たちにそれとなく人集めを頼めば、愛人探しをしていることはきちんと伝わるわ」

ジョンは口を大きく開けてしまう。

途中までは姉を上手《うま》く諭すことができていたのに、最後の最後で失敗してしまった。

「そんな回りくどいことをしなくても……！」

オフィーリアの王配であるデイヴィットの能力は、オフィーリアも認めている。デイヴィットと仲良くして世継ぎを儲《もう》ける方が、今から愛人を探すよりも絶対に早いし、後で揉《も》めることもない。

それでも、オフィーリアはその方法を選べなかった。

「……ねぇ、ジョン。私が許したら、マーガレットともう一度婚約できる？」

オフィーリアが浮気をされていたように、ジョンもマーガレットに浮気をされていた。

ジョンはマーガレットの浮気の話を、婚約破棄が決定したあとに知った。だからこそ複雑な気持ちを抱えつつも「そうだったのか。仕方ない」と言えたのだ。

もしも、婚約破棄前にそのことを知っていたら、仕方ないで終わらせることはできなかっただろう。

「姉上のご命令であれば……結婚すると思います」

「命令がなければ？」

「それは……」

一度失った愛は、そう簡単に戻らない。

ジョンは、オフィーリアがどうしてデイヴィットとの関係修復を躊躇《ためら》うのか、ようやく少し理解できた。

「でも、貴方《あなた》の言っていることは正しい。……そうね、愛人作りと同時並行で、デイヴィットとの関係改善を試みましょう。約束するわ」

顔を見るだけで苛々《いらいら》する相手から、顔を見てもなにも思わない相手になるところまでは関係を改善すべきだと、オフィーリアも思っている。

そのことをところどころ省略して告げると、ジョンは安堵《あんど》した。

「……ジョン。『今できる少なくて身近なこと』だけれど……襲われたとき、貴方はなにを思ったの？」

「なにを……というのは？」

「私は『私を殺した犯人を知りたい』と願ったわ。とっさのことだったから、それぐらいのことしか思い浮かばなかったの。これが私の『今できる少なくて身近なこと』だったみたい。余裕があれば、家族のことや国の未来のことも考えられたでしょうけれど……」

——死ぬ直前、頭に思い浮かんだものは？

ジョンはオフィーリアに問われ、あの夜のことを思い返す。

「医師を呼ばなければならないとか、姉上に申し訳ないとか……、倒れながらそんなことを考えていました」

「なにか強く願ったことはない？」

強く、とジョンは呟《つぶや》いた。

「そういえば、なにかを願った……ような気がします。でも、思い出せません……」

ジョンは、殴られてからの記憶が酷《ひど》くぼんやりしている。しかし、必死だったことだけは覚えていた。生きたいと願ったのではなく、もっと別の……。

ジョンが思わず黙り込んでしまえば、オフィーリアは無理をさせてしまったようだと反省する。

「ごめんなさい。わからないならそれでいいの。……私たちは妖精王リアの加護によって、再び生きることを許された。願い事があるのなら、叶《かな》えるための努力をすべきだと思ったのよ。誰かと仲直りしたいとか、誰かのためになることをしたかったとかね」

オフィーリアは、会話に不自然な部分がないよう、上手く言い訳する。

そして、ジョンへまだ安静にしてね、と微笑《ほほえ》んでから部屋をそっと出た。

（……ジョンはなにかを願っていた。でもその内容は覚えていない）

わからないのなら、それらしいものを想定し、全て叶えていけばいい。

なんだってしてみせる、と決意をしながら執務の間に戻ると、女官たちが現れた。

「女王陛下、議会用のドレスの準備ができました」

「ありがとう。すぐに行くわ」

オフィーリアは着替えの間に向かいつつ、『ジョンの願い事』について考えてみる。

（私は犯人を知りたかった。きっと首を絞めている人の顔が見えなかったから、その願いになっただけ。直前の出来事がとっさにちらついたり、そのとき思い悩んでいることが願い事になったりすることもあるだろうし……）

オフィーリアは、ドレスやアクセサリーを用意していた女官たちの意見を聞いてみることにした。

――もしも誰かに突き飛ばされて階段から落ち、死ぬかもしれないと思ったら、とっさになにを願う?

この質問に、女官たちは様々な答えを口にする。

メアリは「このあと階段から落ちてしまったら、昨日仕上がったばかりのドレスに袖を通したかったと思いそうです」と真面目な顔をして言った。どうやら、新しいドレスを着た瞬間に、願い事は別のものになるらしい。

カレンは、「クリスマス用に作ったお菓子を食べたかったと願います」という可愛《かわい》らしい願い事を言ってくれた。こちらもまた、クリスマスが終わったら願い事が変わるのだろう。

(若い子の願いは、可愛らしいものばかりなのね)

他の女官にも訊《き》いてみた。「犯人を捕まえてほしいと願います」と言う者もいた。

――知りたいのではなく、捕まえてほしい。

オフィーリアの願いと似ているけれど、決定的に違うところがある。それは、犯人の顔を見たかどうかだ。

(私は犯人の顔を見ていないつもりで尋ねたけれど、犯人の顔を見たつもりで答えた女官

もいた。聞き方を間違えてしまったわ）

次は女官長のスザンナに、「突然後ろから突き飛ばされ、階段から落ちた」という状況に変えて同じ質問をしてみた。

「孫娘が結婚するところを見たかったと思いそうです」

どうやらスザンナは、犯人よりも孫娘が気になるようだ。

それでいいのだろうかと思いつつ、今度は大侍従卿《だいじじゅうきょう》のウィリスに訊いてみる。

「机の中に遺書があるので、どうかそれを息子に、……と近くにいる方に頼みます」

こちらも犯人がどうのこうのではなく、別のことを気にしていた。

ついでに国王の部屋の扉を見張っている兵士にも訊いてみれば、彼らは「恋人に泣かないでほしいと伝えたい」とか「母に謝りたい」と答える。

（……わかってきたわ）

死ぬ間際の願いというものは、人によって違う。

そして、時と場合によっても違う。

「ねぇ、私には訊いてくれないのかい？　死ぬ間際に願うことを」

オフィーリアが皆に聞き回ったあとにひと休憩していると、デイヴィットが現れる。

冷たく睨《にら》んだあと、手で払う仕草をし、デイヴィットの答えに興味がないことを示した。

「貴方に訊いたらいいことでもあるわけ？」

「見事言い当てたら私から素敵な物が贈られる、というのはどうかな？」

オフィーリアはため息をつくことで「いらない」という意思を伝える。

しかし、デイヴィットはそれにめげず、自ら答えを言い出した。

「私はね、死ぬ間際なら『死にたくない』と願うだろう」

「あら、そうなの。普通の願いね」

「意外性がなくて申し訳ないよ。なら、オフィーリアはなにを願うんだい？」

「今なら『王冠はジョンに』よ。……あとは、ジョンの新しい婚約者が素敵な女性であることを祈るかもしれないわ」

オフィーリアは平然とした顔をしながらも、どきどきしていた。ここにきてとても大事なことに気づいたのだ。

（絶対に叶わない願いもある）

例えば『亡くなった兄や父にもう一度会いたい』だとか『マーガレットに愛されたかった』という願いをジョンが持っていたとしても、それはどうやっても叶えられない。

――覚悟をしておかなければならない。

ジョンの願いは、誰にでも叶えられるようなささやかなものかもしれないし、絶対に叶わないことなのかもしれない。

自分はこれから、無駄な努力をして、最後はみっともなく泣《な》き喚《わめ》くのかもしれない。

（そう、これは奇跡でも祝福でもない。……〝呪い〟なのよ）

叶わない願いを叶えようとしてもがき苦しむ姿を、妖精王リアは楽しんでいる。

彼は希望をちらつかせておきながら、最後は残念だったねと笑うのだ。

——いっそジョンが生き返らず、あのまま……。

オフィーリアは、妖精王リアを責めたくなった。

ジョンの願いを知りながら、なにも言わない残酷な妖精を問い詰めたかった。

自分のときは十日後に死んでもいいという気持ちでいられたけれど、今はそんな気持ちになれない。

「……デイヴィット、ジョンならなにを願うと思う？」

オフィーリアが藁《わら》にも縋《すが》る思いを込めて問うと、デイヴィットは動きを止めた。

「ジョン？　そうだな……」

女性であるオフィーリアよりも男性であるデイヴィットの方が、ジョンの気持ちを理解できるかもしれない。

オフィーリアがわずかな期待をしていると、デイヴィットがゆっくり口を開く。

「ジョンなら家族や友人を心配するだろうね」

デイヴィットの推測に、オフィーリアもそうだろうと同意した。

ジョンは素直で優しい子だ。ごく普通のとても優しいことを祈るだろう。

「あとは春の大攻勢のことも。ジョンは軍人だから」

アルケイディア国は、雪が解けたら隣国クレラーンへ一気に攻め込み、大勝利を収める予定である。

オフィーリアはこの計画を〝春の大攻勢〟と名づけ、ジョンと共に味方を増やしている最中だった。

(春の大攻勢――……もしもその成功をジョンが望んだのだとしたら、社交シーズンが終わるまでにゆっくり皆を説得する、という悠長なことはしていられない)

オフィーリアはこの十日の間に、犯人を明らかにしてその身柄を確保し、春の大攻勢の成功を確信するところまで計画を進め、ジョンの願いらしきものを全て叶えなければならないようだ。

(私にできるのかしら……)

オフィーリアの喉に不安が絡みつく。

息が苦しくなったような感覚に襲われ、深く息を吐いた。

──それでもやるしかない。

この事件を悲劇で終わらせたくないのなら、絶望が待っていることをわかっていても、わずかな希望に縋るしかないのだ。

三

アルケイディア国は冬になると、王都で大議会を開く。

この大議会だけは、遠方の領地にいるために普段はあまり議会に出てこない貴族たちも参加していた。

なぜ冬の大議会のときだけそうなるのかというと、領主としての仕事がちょうど一段落しているからである。

秋になると収穫や狩り等で忙しくて領地にいなければならないけれど、冬になれば余暇ができるのだ。

──今日は宮殿内の会議の間で、冬の大議会が開かれる日である。

女王の挨拶が終われば、早速〝春の大攻勢〟についての話し合いが始まった。

「クレラーン国の雪解けが始まったときを狙い、こちらから仕掛けるべきです」

新たな大司馬卿《だいしばきょう》になったパーシー・ハワード侯爵は、元から主戦派である。

これを機に自分の力を見せつけておきたいという気持ちもあるらしく、強い口調で意見を述べていた。

「まずはクレラーン国に使者を送り、話し合いのテーブルに招くべきでは？　交渉決裂してから戦争をすべきでしょう」

和平派の貴族が反対意見を言えば、パーシーはとんでもないと唾を飛ばす勢いでそれを否定する。

「クレラーン国が敗北を認めるものか！　そんなことはわかりきっている！」

オフィーリアは、主戦派と和平派の言葉による戦いをじっと見つめた。

冬の大議会が始まる前から、クレラーン国との戦争についての話し合いは国務大官たちと共に行っている。

そのときオフィーリアは、『すぐに冬がくる』という理由で、クレラーン国との戦争再開は春の初めにすることを決めた。

しかし、ここから先は主戦派の貴族と共闘しなければならない。皆が春の大攻勢に参加するという結論に、全会一致で持っていかなければならないのだ。

「すぐ反撃に出ていれば、このような話し合いをしなくてもよかったのに……！」

和平派の貴族の反対に苛《いら》ついた主戦派の貴族の一人が、不満を漏らす。

それに背中を押されたパーシーが、大きく頷《うなず》いた。

「今すぐ侵攻すべきだという意見と、和平を求めるべきだという意見。相反する二つをどちらも尊重するのは、とても素晴らしいことではありますが……」

パーシーがちらりとオフィーリアを見てくる。

オフィーリアは、その思わせぶりな視線に気づかないふりをした。

——女王は、春の大攻勢案を自ら打ち出し、積極的に進めている。

勿論《もちろん》主戦派は、春の大攻勢に参加するつもりだ。しかし、中にはパーシーのように、大攻勢を支持しながらもオフィーリアの批判をする者もいる。

そして大攻勢に反対する和平派もまた、まとまっているわけではない。こちらもそれぞれ異なる思惑があり、国を考えての反対だったり、領地の経営が上手《うま》くいかなくて金がないからという理由だったり、あいつが気に食わないから反対だと言う者までいた。

（どこも足並みが揃《そろ》っていないわね）

主戦派も和平派も、現時点では自分の意見を叫ぶことに夢中である。意見をまとめたいのなら、多くの裏工作が必要だろう。

「……意見を言い合うことはできたようね。今日はこのぐらいにしておきましょう。次の議題に移ってちょうだい」

オフィーリアは、枢密院《すうみついん》議長エリック・グリーブに議会の進行を促す。

エリックはごほんと咳払《せきばら》いをしたあと、次の議題を口にした。

「次はメニルスター公爵殿下襲撃事件についての報告です。大司法卿《だいしほうきょう》、お願いします」

「はい」

大司法卿のホリス・コーリンが立ち上がり、手元の書類を読み上げていく。

ジョンが襲われたときの状況、証拠品、そして犯人は未《いま》だに逃亡中であることを告げ、皆も気をつけてほしいと締めくくった。

「……なるほど。証拠はなくても、犯行が可能だった者はいると。戦争よりも先にやるべきことがあるのでは？」

和平派の貴族の一人が、犯人は決まったも同然だと言い出す。

すると、皆の視線がロレンス・バトラー侯爵に集中した。

疑われていることに気づいたロレンスは、怒りで顔を真っ赤にする。

「っ、私は神の導きを信じ、捜査にいくらでも協力しよう……！」

ロレンスは、違うと叫びたいのを我慢し、大人の対応をした。

オフィーリアは、ロレンスがジョンを襲ったとはどうしても思えなかったので、助け舟を出す。

「議会でやるべきことは犯人捜しではないわ。事件を議題にとり上げたのは、襲撃事件がまた起きるかもしれないからよ。そしてこれは、メニルスター公爵襲撃事件について、なにか情報を得たり、証拠品を見つけたりすることがあれば、すぐ大司法卿へ連絡するようにという話でもあるの。いいわね」

捜査はあくまでも大司法卿が指揮を取り、大司馬卿《だいしばきょう》の協力の下に行っている。

オフィーリアは皆にそう釘《くぎ》を刺したけれど、オフィーリアの忠告を聞く者はほとんどいなかった。多くの者がちらちらとロレンスを見たり、隣の貴族とひそひそ話をしたりしている。

（無理もないわ。よりにもよって〝また〟バトラー家だもの）

前バトラー侯爵は、女王殺害未遂事件の犯人の一人で、その責任を取るために自ら死を選んだ。本当は、妖精王リアの王冠の呪いで殺されたのだけれど、その真実を明らかにしても誰も信じないので、オフィーリアがそういうことにしたのだ。

バトラー家は絶家処分になっても当然のことをしたけれど、女王の慈悲によって家族の責任は問わないことになり、嫡男であるロレンスはバトラー侯爵を継ぐことができた。その恩を仇《あだ》で返すなんて……と騒ぎたくなる気持ちは、オフィーリアにも理解できる。

（今日はこれで終わりにしましょう）

意見が活発に……というよりも、好き勝手に出たおかげで、現段階で誰がどの派閥に入っているかの確認はできた。

オフィーリアがエリックに「終わりにして」という視線を送ると、エリックは議会の散会を告げる。

皆が立ち上がり始める中、オフィーリアはホリスを呼びつけた。

「あとで謁見の間にきてちょうだい」

ホリスは、なにかしてしまったのだろうかと不安になりながら、謁見の間に足を運ぶ。

緊張のあまり、オフィーリアとの力関係が以前と全く違うものになっていることに、疑問を感じることもない。

「バトラー卿が皆に怪しまれているわ」

謁見の間で、オフィーリアはホリスにそう告げる。

ホリスはオフィーリアの言葉の意味を考えず、そのままうんうんと頷いた。

「事件の再現に貴方《あなた》も参加していたからわかっているでしょうけれど、この犯行はバトラー卿には難しい。証拠もない。貴方はこれから『どうしてバトラー卿を逮捕しないのか』

と問い詰められることもあるかもしれないけれど、焦ることなく『証拠がないから』と言い切ってちょうだい」

「春告げる王の御心のままに」

先にホリスへこう言っておけば、ホリスが功を焦ることも、捏造《ねつぞう》された証拠に飛びつくこともないだろう。オフィーリアはもう下がっていいとホリスに微笑《ほほえ》んだあと、女官に着替えの準備を頼む。

午後は貴婦人たちとのお茶会だ。議会に出席して疲れているけれど、休息をとる暇はない。

（お茶会は効率のいい情報収集の場だもの）

このあと、メニルスター公爵襲撃事件は、春の大攻勢の話し合いに利用されてしまうだろう。

事件の容疑者『ロレンス・バトラー』は主戦派だ。和平派は春の大攻勢のことよりメニルスター公爵襲撃事件の調査を優先すべきだと言い出すだろうし、ロレンスを厳しく追及すべきだとも言うはずだ。

（バトラー卿を都合よく使われないためにも、先手を取りたい。婦人たちから夫の話を集めておかないといけないわね）

どうやらしばらくは、仕事以外でお茶を楽しむことはなさそうだ。

冬の大議会の散会後、デイヴィットはこれからどう立ち回るべきかを考えていた。

オフィーリアは手強《てごわ》い。出し抜いてやろうという気持ちでいたら、痛い目を見る。少しばかりの得をしようぐらいにしておかなければならない。

(これから状況はどんどん変わっていく。不確定要素はバトラー卿だな。まずは社交界で情報を集めておこう)

デイヴィットには、負ける側につく趣味はない。勝つ側の主導権を握るか、そうでなければ主導権を握る者に恩を売っておきたかった。そのための準備を今からすべきである。

デイヴィットがどこから手をつけようかと考えていると、パーシーの声が聞こえてきた。

「私の姪《めい》が今度デビュタントするので、是非メニルスター公爵殿下にエスコートをして頂きたいと思いまして……!」

デイヴィットは足を止める。パーシーと話をしているのはジョンのようだ。

「申し訳ないが、舞踏会ではデビュタントの令嬢たちの世話をすることになっているから、特定の令嬢のエスコートはできないんだ」

ジョンは毅然《きぜん》とした態度を取りつつも、角が立たないように上手く断っていた。こういうことが苦手な少年だったけれど、どうやらここ最近のオフィーリアによる国王教育の成果がきちんと実っていたらしい。

（人は変わる。……頼りない少年だと思っていたのに）

元々ジョンには積極性がある。それを周りの大人に利用されかけたけれど、オフィーリアが上手く踏みとどまらせた。それからのジョンは、周囲をよく見るようになっていた。

そして、死にかけるという大きなきっかけを得てから、周囲をよく見るだけではなく、よく考えつつ、その上で自分なりになにかしようとするという大きな一歩を踏み出したのだ。

（オフィーリアと同じだ。ジョンはこれまでと違う。大司馬卿はそのことに気づかず、ジョンに取り入ろうとしているようだけれど）

デイヴィットはにやりと笑う。どうやら愉快な展開になりそうだ。こういうときは会話に入らず、盗み聞きをする方が楽しめる。

「では、我が姪と一曲だけでも踊って頂けませんか？」

「令嬢に差し出される手は多そうだ。もしも令嬢のお手が空いたときには、是非に」

ジョンは踊るか踊らないかの明言を避けた。賢い判断である。

新しい婚約者を探している最中のジョンは、不用意なことをするわけにはいかない。どこかの令嬢と噂《うわさ》になってしまえば、新しい婚約者を傷つけるかもしれないのだ。

(ジョンは婚約者に対して、いつだってとても誠実だね)

デイヴィットは、それでこそジョンだという気持ちと、つまらない男だという呆《あき》れた気持ちの両方を抱く。

「それでは、当日はよろしくお願いします」

パーシーは、ジョンに自分の姪をしっかり売り込んでから立ち去った。

(この展開は想定内だ。この国の実権を握りたいのなら、女王派について女王の右腕を勝ち取るか、ジョンを新たな国王として担ぎ出すか、王配について女王とジョンを排除するかのどれかになる)

オフィーリアの手腕があれば、春の大攻勢は必ず行われるようになるし、自分が反対してもそこそこの結果に持ち込まれてしまうだろう。

だとしたら、自分は勝ち組であるオフィーリア側につき、護国卿《ごこくきょう》としての信頼を回復させるべきである。

(……やれやれ、少し前はオフィーリアのことなんて考えなくてもよかったのに)

かつてデイヴィットは、女王とジョンの排除に協力してくれる貴族を増やそうとしていた。いつか自分が妖精王リアの王冠をかぶるつもりでいた。その過程を楽しんでいた。それなのに……。

——顔がとても楽しそうです。私が見る限りで、今までで一番。

貴婦人は全てお見通しだという顔で、足踏みをしている今の自分をそう評価したのだ。

(人は変わる。オフィーリアも、ジョンも変わった。……私も変わるのだろうか)

この国の王だけがかぶれる妖精王リアの王冠は、今だってほしい。

しかし、その王冠をかぶっている女王もまた、王冠と同じぐらい光り輝いているように見えた。

四

冬の大議会に参加するための貴族が王都に集まってくると、社交シーズンの幕開けの合図となる女王主催の舞踏会が開催される。

ここから毎夜、どこかの邸宅で食事会や茶会、舞踏会が開かれるのだ。

そして、貴族の令嬢のデビュタントもこの時期に行われる。

皆、王都に着いた直後は、用意したドレスの飾りが取れただとか、靴を忘れてきたとか、長旅で疲れて熱が出たとか、なにかしら小さな問題が発生して慌ただしい。

全員が無事に参加できるようにするため、デビュタントのための舞踏会は社交シーズンの幕開けと同時ではなく、少し経《た》ってから開くようにしていた。

デビュタントの日になると、令嬢たちは昼間のうちに宮殿を訪れ、女王に挨拶をする。そこで一人前のレディになったことを報告し、女王に認めてもらってから、ようやく社交界に参加する資格を得るのだ。

(冬の大議会のため、娘のデビュタントのため、遠方にいて普段は直接話せないような貴族も王都にきている)

オフィーリアにとっては、自分の味方を増やす絶好の機会だ。

手始めに茶会を開き、デビュタントを控えている娘を持つ貴婦人たちを集める。

午後の柔らかな陽射《ひざ》しが入る部屋で、オフィーリアは温かい茶と美味《おい》しいお菓子で貴婦人たちを楽しませ、困っていることや不安になっていることはないかを尋ねていった。

「ネヴィル男爵夫人、いよいよイザベル嬢のデビュタントね。楽しみだわ。是非紹介してちょうだい」

「ありがとうございます。ですが、まだまだ夢見がちなところがありまして……」

「社交界に出たら、レディとしての立派な立ち居振る舞いというものを自然と意識できるようになるものよ。私からも声をかけておくわね」

理想の貴婦人であるオフィーリアに声をかけてもらえたら、誰でも背筋が伸びるだろうし、なにより周囲に一目置いてもらえる。

ネヴィル男爵夫人は、この茶会に参加して本当によかったと喜んだ。

「グレイ伯爵夫人、素敵なハンカチだわ。見せてもらってもいいかしら」

「はい。これは娘が刺繍《ししゅう》したもので……」

「とても素晴らしい刺繍ね。私もアメリア嬢にハンカチの刺繍をお願いしたいわ。頼んでもいいかしら」

「……まぁ！　娘の名前を覚えていてくださったなんて……！　是非お願い致します！　娘も喜びます！」

オフィーリアは、皆の家族構成や趣味等を記録したものに、どのような話をしたのかも付け加え、顔を合わせる直前に見返すようにしている。

一年前の会話の内容をしっかり覚えているオフィーリアに、年に一度しか会えない貴婦人たちは感動していた。

「メニルスター公爵殿下のお身体《からだ》の具合はどうですか？」

勿論《もちろん》ジョンの話題も茶会の最中に出てくる。

オフィーリアは穏やかに微笑《ほほえ》み、大丈夫だと言い切った。

「随分と元気になってきているわ。今度の舞踏会で令嬢たちの手が空くようであれば、ジョンの話し相手になってもらいたいの。頼むわね」

もしも壁の花になっている令嬢がいたら、ジョンが話しかけにいき、広間でダンスを共に踊るつもりだということをオフィーリアは匂わせる。

茶会の参加者は、娘のデビュタントが上手《うま》くいくかどうかをずっと心配していたので、女王の配慮に心から感謝した。

「そうそう、宮廷画家のティムが新鮮な刺激を求め、新しいモデルを探しているみたい。どこかに若くて素敵な男性はいないかしら。もしもいたら、午後の間に招きたいから、舞踏会のときに紹介してほしいわ」

肖像画のモデル探しを口実に、オフィーリアは愛人探しの最中であることを皆に告げた。

貴婦人たちは微笑みながらも、頭の中で必死に『女王好みの素敵な男性』を探す。紹介した男性が女王の愛人になれば、より女王に近づけるだろう。

——たしか、息子の友人のアランは女王陛下より三つ年上で……。

——人気役者トマス・ノーズなんてどうかしら。

——甥《おい》のヴィクターは心優しいし、女王陛下の心をお慰めできるかも……！

女王の歓心を手に入れられる機会がちらついたことで、穏やかな茶会の雰囲気が一変する。

オフィーリアは密《ひそ》かに変わった雰囲気を感じ取り、満足げに頷《うなず》いた。


夜、オフィーリアが寝室の間でハーブティーを飲みながらホリスからの報告書を読んでいると、デイヴィットが訪ねてくる。

オフィーリアは女官にデイヴィットを謁見の間へ通すようにと言い、軽く化粧をしてガウンを着てから謁見の間に入った。

「話はここでするつもりなのかな？　もう夜だし、寝室でゆっくり話をしてもいいんだけれど」

「あら？　その服で寝るつもりだったの？」

デイヴィットが着ているものは、寝間着ではない。自室でゆっくりするためのシャツとズボンだ。最初から話だけをするつもりできていたのに、いちいち鬱陶しい物言いをしてくるところは、早急に改めてほしい。

「用はなに？　早く言わないと叩《たた》き出《だ》すわよ」

くだらない前置きは結構、とオフィーリアが腕組みをすると、デイヴィットはようやく用件を話し始める。

「面白いものが出てきたよ。宮殿の庭にクレラーン国の軍旗を刺繍したスカーフが落ちていた。いつ誰が落としたものなのかはわからないけれど、そう汚れていなかったから、最近落としたものなのは間違いないだろう」

「クレラーン国の軍旗……」

春の大攻勢について話し合っているときに、ジョンが何者かに襲われた。宮殿の庭に、クレラーン国の軍旗を刺繍したスカーフが落ちていた。

——この二つを、とっさに結びつけたくなる。

それでも、とオフィーリアは深呼吸をした。先入観は目を曇らせる。それは自分が殺されたときの調査で痛感させられていた。

「……仮にクレラーン国の暗殺者や間諜《かんちょう》が宮殿に紛れ込んでいたとしても、わざわざ身元を教えるようなものを持っているかしら」

「流石《さすが》はオフィーリアだね。この情報に飛びつかず、冷静な指摘をしてくるなんて」

完全に上から目線の褒め言葉だ。

オフィーリアは、デイヴィットをじろりと睨《にら》んでおいた。

「実は私も同意見だ。間抜けな暗殺者や間諜がいる可能性も勿論あるけれど」

「……間抜けな暗殺者や間諜の落とし物ではないとしたら、なにか意図があって落としたことになるわ。例えば……」

「犯人像を自分から遠ざけるため……とか？」

ジョンの襲撃事件の調査では、不審人物についての目撃証言は出てこなかった。

このあまりにもわかりやすく『私が犯人です』と主張してくるスカーフは、不審人物ではなくて、宮殿内にいても不自然ではない者によって用意されたものかもしれない。

（でも、考えすぎもよくない）

クレラーン国の間諜や暗殺者が宮殿内に出入りしようとしていること自体は、間違いではないはずだ。このスカーフを利用して皆に警告をすべきだろう。

「……それにしても、なぜ貴方《あなた》がこの報告をしにきたの？　大司法卿《だいしほうきょう》には、捜査の結果はまず私にと命じてあったはずだけれど」

最初は、悲しみに暮れるオフィーリアの代わりに、デイヴィットが捜査指揮を取ってくれていた。そのことについては感謝している。しかし、今もそのつもりでいてもらっては困る。

「大司法卿は君の命令をしっかり守っているよ。どうして私が報告にきたのかというと、第一発見者が私だったからだ」

「貴方が……？」

そんな偶然が本当にあるのかと、オフィーリアは驚いてしまう。

「どこで見つけたの？」

「西の庭園だよ。噴水近くの四阿《あずまや》へ向かっていたときに偶然にも踏んでしまい、なんだろうと拾ったらスカーフだった。誰のものだろうかとランプの光でよく見てみたら、軍旗が刺繍してあったのさ」

「冬に西の庭園へ行くなんて、随分と物好きね」

なにをしていたんだか、とオフィーリアは呆《あき》れた。

——密談か、それとも逢引《あいびき》か。

デイヴィットがオフィーリア付きの女官にせっせと声をかけていたことは、既にデイヴィットから直接聞かされている。もう相手が誰であろうと驚くことはないだろう。

「本当に偶然見つけたんだ。私は護国卿《ごこくきょう》で、君を公私共に支えなくてはならない。君を裏切るなんて絶対にありえないよ」

デイヴィットは恭しくオフィーリアの手を取る。

オフィーリアは、手の甲へ忠誠のキスをされる前にその手を振り払った。

「おっと。……まあ、私のことよりも犯人のことだ。ハンカチに、スカーフ。どちらも犯人のものだとしても、まだ足りないな」

デイヴィットがふと呟《つぶや》いた言葉に、オフィーリアは首を傾《かし》げる。

「どういうこと？」

「頭が割れたら血が飛び散る。当然のことだ。計画的な犯行なら、大きな外套《がいとう》を用意しておくはず。全く同じ服を用意しておいて着替えるという方法でもいいけれど、手軽さを考えるとこっちだろう。でも、血で汚れた外套や服は出てきていない」

殴り殺すという方法は、たしかに色々手間だ。

まだ刺し殺す方が、気をつければそこまで汚れない気がする。

「色々情報はあるのに、肝心なところはわからないわね」

前回と同じく、犯人像がぼやけている。

内部犯なのか、外部犯なのか。

突発的な犯行だったのか、計画的な犯行だったのか。

あと一つ、なにかがほしい。

「ジョンを殴り殺せる人がいなかったという部分は謎のまま。君のときと同じだ」

「私のときよりも犯人は単純な動きをしているのに……」

犯人は踊り場にあったブロンズ像を手に取り、ジョンがハンカチを拾おうとして屈《かが》んだ瞬間を狙い、後ろから殴った。身体に血をつけたまま近くの窓を開け、そこから逃げた。もしくは、窓を開けたけれど高さに怯《ひる》み、別のところから逃げた。

見張りの兵士や巡回の兵士の証言から犯人が特定できそうなのにできなくて、そして逃げていく犯人を見た者もいない。

「バトラー卿とヒューバートが共犯……ああ、ついでにマーガレットも共犯にしようか。君のときと同じように、三人が協力し合えばジョンを殺せるよ」

デイヴィットがやけになったのか、ありえない想像をし始める。

「そうかしら？ ヒューバートは見張りの兵士のところにいたし、マーガレットも屋上庭園へ出る扉近くにいた。バトラー卿はジョンに追いつけない。三人が協力しても犯行は不可能よ。ジョンが協力して、四人が共犯だったら可能ね」

犯人捜しはそろそろ行き詰まる。スカーフの持ち主探しをして、持ち主が見つからなかったら、もうやれることはほとんどない。

犯人がもう一度ジョンを殺しにきたら話は早いだろうけれど、オフィーリアとしてはあまりそうなってほしくなかった。

「そもそも、犯人はなぜジョンを殺そうとしたのかしら？　ああ、貴方が犯人だった場合以外で考えて。貴方に明確な動機があることなら知っているわ」

オフィーリアは疑問を口にしたあと、細やかな注意事項を付け加える。

デイヴィットはわざとらしく肩をすくめた。

「ジョンは真《ま》っ直《す》ぐでとても誠実な人間だよ。それでもね、ジョンに惚《ほ》れた女性が振り向いてくれないことを逆恨みしたり、ジョンに些細《ささい》な注意をされた兵士が恥をかかされたと言って怒ったりするのは、よくあることなのさ」

「逆恨みの場合は計画的な犯行になるでしょう？　なら、なぜ血が飛び散りやすいブロンズ像を使ったのかしら」

「ジョンが目の前を歩いていて、ついかっとなったのかも」

「……確かに、そういうこともあるかもしれないわね」

犯行に至った経緯は、オフィーリアにもなんとか納得できそうだ。

しかし、『誰にも見つからずにジョンを殴り殺すこと』ができそうな者は、やはりどこにもいない。

「なかなか面白い……おっと、なかなか謎が多い事件だね」

デイヴィットは、他人事《ひとごと》のような感想を述べかけ、失言だと気づいて言い直す。

もう遅いわ、とオフィーリアは冷たい視線を向けた。

「とりあえず、続報が入ってくるまで犯人捜しは一旦中止よ。春の大攻勢の準備に集中しましょう」

「賢明な判断だ」

「話は終わったわ。帰って。……色々助けてもらったことに関しては、あとでなにかお礼をするから」

デイヴィットのご機嫌取りの贈り物を受け取るか、どこかの貴族の舞踏会へ共に参加するか、オフィーリアとしてはあまり影響が出ないものを選びたい。

きっとどれを選んでも、『国王夫妻の夫婦喧嘩《げんか》は完全に終わり、関係を修復して仲良くしている』という表明になってしまうけれど、それは諦めるしかないだろう。

「お礼、ね。……なら、お礼代わりに私と賭けをしない？」

「賭け？　話だけは聞いてあげる。乗ってあげるかどうかはそのあとで判断するわ」

デイヴィットは、勝てない賭けを持ちかけることはない。

オフィーリアは、負けるとわかっている勝負を受けるつもりはなかった。

「私と君、どちらが先に王弟襲撃事件の真相を暴くか……なんてのはどう？」

オフィーリアはデイヴィットの言葉にかっとなったけれど、なんとか堪《こら》える。

貴婦人は感情的に叫んではいけない。淑女教育を思い出して、と自分に言い聞かせた。

「義弟《おとうと》の事件を賭けに使う？　流石はクソったれの発想ね。──お断りよ」

デイヴィットの提案を拒絶したら、デイヴィットはくすくす笑う。

苛立《いらだ》ちが募るけれど、我慢しろとガウンの袖を握りしめた。

「どうやら私は言い方を間違えたようだ。……事件を解決したら、女王陛下の寝室に入る許可を褒美として頂きたい。これならどう？」

オフィーリアはデイヴィットにお礼をすると言った。すると、デイヴィットは寝室に入る許可を求めるのではなく、事件を解決した褒美にしてほしいと言ってきた。

デイヴィットがかなりの譲歩をしてくれたことはわかっている。……そして、これだけ譲歩したからには、絶対にオフィーリアも譲歩するという確信を抱いているだろう。

「……賭けについても褒美についても考えておくわ」

「ああ、是非ともゆっくり考えてくれ。おやすみ、オフィーリア」

デイヴィットの用事はようやく終わったようだ。

彼が謁見の間を出ていけば、女官は静かに扉を閉めてくれる。

オフィーリアはソファのクッションを摑《つか》み、ソファに叩《たた》きつけた。しかし、このもやもやはそれぐらいのことでは消せない。

「あのクソったれ……、いいえ、これでは足りないわ！　このっ！　この……っ！　駄目よ、思いつかない……！　もっと凄《すご》い罵倒の言葉が必要なのに……！」

今度ジョンに色々聞いて、罵倒のための語彙を増やしておこう。

怒りに震えるだけでは収まらないときもあるのだ。

三章

一

　ジョンが生き返ってから三日目の朝、オフィーリアはジョンに誘われ、共に朝食を取ることになった。そして、そこにはデイヴィットもいた。

「今日は天気がよくて素晴らしい朝ですね！」

「そ、そうね……」

「気持ちのいい朝だね。充実した一日になりそうだ」

　オフィーリアは、デイヴィットとの関係の改善をするとジョンに約束したこともあって、この男を追い払ってと命じるわけにはいかなくなる。

（ジョン……！　計画を立てて即座に決行するその決断力と行動力は見事だけれど、ここで発揮しなくてもいいのよ……！）

　どういう話をしたらいいのかとオフィーリアが悩んでいれば、デイヴィットはまずジョンの体調を気遣う言葉を口にした。

「昨夜はよく眠れたかい？」

「多分ね。でもなんだか不思議な夢を見たよ」

ジョンの答えに、オフィーリアはどきっとする。まさか、夢に妖精王リアが出てきたのではないだろうか……と手に汗をかいてしまった。

「どんな夢だったの？」

オフィーリアが平静を装って尋ねたら、ジョンは笑顔で答える。

「ええっとですね、ブロンズ像が出てきて……」

「っ、それは、思い出さない方がいいと思うわ……！」

ジョンが見たのは、妖精王リアが出てくる夢ではなかった。ブロンズ像で殴られた事件が気になっていて、夢にまで出てきてしまったようだ。

オフィーリアはそれ以上言わなくてもいいと慌てるけれど、ジョンは呑気《のんき》にブロンズ像の話をし始める。

「僕の目の前でブロンズ像が喋《しゃべ》り出したんです」

「それは不思議な夢というよりも不気味な夢じゃないかな？」

デイヴィットの指摘に、オフィーリアも頷《うなず》いた。

「僕に『おめでとう』と言ってきたから、悪い夢ではないよ」

「なにを祝ってくれたんだろうね。やはり怪我《けが》の快復？」

「だといいな。……あ、もしかしたらあれは、金塗りの木彫りの彫刻かも。あんな事件があったからブロンズ像だと思ったけれど……玉座の間にある妖精王リアの像はたしか木彫り彫刻だったよね」

ジョンは呑気にブロンズ像だとか木彫りの彫刻だとかの話をしているけれど、オフィーリアは呑気に構えていられなかった。

（一応、私とジョンの警護は増やしたけれど、それで事件が解決するわけではない。もう三日目。……私は、ジョンを救えるかしら）

自分のときよりも真相がわからない……靄《もや》の中にいるような感覚になっている。

無力であることにもどかしさを感じたオフィーリアは、そっとため息をついた。

「ああ、そうです。ブロンズ像で思い出しました。ウォレス男爵邸の天使の像が倒れて、テーブルが割れたそうです。ウォレス卿《きょう》も軽い怪我をしたらしいので、見舞いに行くついでに中立派のウォレス卿の説得をしてみようと思っていて……」

ジョンが雑談から春の大攻勢についての話に持っていく。この話題なら、オフィーリアも冷静に女王として話ができるだろう。

（どうやら私を気遣ってくれたみたいね）

極寒の吹雪の中で睨《にら》み合《あ》っているデイヴィットとオフィーリアを、ジョンはまずぬるま湯につけるつもりのようだ。

「自然なきっかけは大事だ。ときには主演の役者に、ときには脚本家にもならないとね」

デイヴィットは、ジョンが作ってくれたぬるま湯を沸騰させるようなことはせず、ジョンのためになる助言を口にする。

オフィーリアは、ほっとしつつその会話に加わった。

「昔から貴方《あなた》のことを気にかけていたという演技は、加減を間違えたら嘘《うそ》のように見えてしまうこともある。慎重に見極めて」

「はい」

ジョンは血気盛んな若者だった。そんなジョンに、オフィーリアは皆の話を聞きなさいと教えた。

そして今、ジョンは皆の話を聞き、それから改めて自分がどうしたいのかを考えるという、地に足をしっかりつけたことをするようになっている。

（人は変わる。私がそうだったように。ジョンは大人になりつつある）

オフィーリアは、成長している弟の姿に喜びを覚えた。

デイヴィットがいたけれど素敵な朝食会になったという爽やかな気持ちでいたら、食後にジョンから呼び止められる。

「姉上、久しぶりにデイヴィットと朝食を取ってみましたが、どうでしたか？」

置物と思えばなんとかなりそうよ、という言葉をオフィーリアは呑《の》み込《こ》んだ。これはジョンに求められている言葉ではない。

「仕事以外の話も少しずつ増やしていきたいわね」

あえて感想は言わず、これからの話をしたら、ジョンが目を輝かせた。ですよね、と嬉《うれ》しそうに頷《うなず》く。

「昨日、姉上は『マーガレットともう一度婚約できるか』と僕に問いましたよね」

「ええ」

「……僕はまだ、二人の幸せを心から祈れそうにないと思っていたんです」

ジョンとマーガレットの関係は複雑だ。

婚約破棄をしてからマーガレットの浮気が発覚した。マーガレットは被害者であり加害者である。そして婚約破棄をした側のジョンもまた、加害者であり被害者である。

結局、ジョンは騒がずに耐えることを選んだ。王弟として立派な態度だったとオフィーリアは思っている。

「僕が生き伸びたのは、神の奇跡か妖精王リアの加護のおかげでしょう。僕はそれを失わないように気高く生きるべきです。……僕は二人を許し、その幸せを祈るべきだと思いました。二人がロレンスに認められ、結婚できるようにしたいです」

オフィーリアは生き返ったとき、十日間を好き勝手に生きると決めた。

しかし、ジョンは神の教えに従って生きることを決めたようだ。

（ある意味、ジョンらしいのかもしれないわね。真っ直ぐすぎるというか……）

生き返った意味なんか考えなくてもいい……とオフィーリアは言おうとしたけれど、すぐに考え直す。

ジョンは十日後に死ぬかもしれない。ここでオフィーリアが無責任なことを言うわけにはいかなかった。

（十日間を乗り越えたら……、これからの生き方について、ジョンとしっかり話し合いましょう。気高く生きれば死なないというわけではないもの）

しかし、今はジョンの望む通り『気高く生きる』の手伝いをすべきだ。

「貴方がそう決めたのなら、私も協力するわ。バトラー卿が納得する形でマーガレットとヒューバートが結婚できる策を授けましょう」

オフィーリアは、大きな決断をした。

すると、ジョンが目を見開く。

「ロレンスを納得させる方法があるんですか……!?」

「ええ。でも、きっかけを作るだけよ。結婚できるかどうかは二人の努力次第ね」

オフィーリアの言葉に、ジョンは更に驚いた。

「なら、どうして今までなにも……！」

「私は貴方の姉だから、貴方が二人を許せないのなら、それでもいいと思ったの。貴方が幸せになれるのなら、代わりに二人の頬を平手打ちしてもいいのよ」

オフィーリアが微笑《ほほえ》めば、ジョンは感激したという瞳を向けてくる。

「ありがとうございます！　僕も姉上にはデイヴィットと幸せになってほしいです！」

ジョンの喜びの言葉に、オフィーリアはなんとか頷いた。

「……そう、ね」

「ああ、でも、過去をなかったことにはできません。僕だってマーガレットの浮気をいい思い出になんかできないでしょう。ですが、新しい思い出を作ることはできます。友人の幸せな結婚式に参列するという楽しい思い出を……！」

ジョンの笑顔があまりにも眩《まぶ》しい。

オフィーリアは、自分だったら二人の結婚式に参列しても『早く不幸になってほしい』

と願うかもしれない……とこっそり思ってしまう。

「姉上もデイヴィットの浮気をなかったことにしなくていいんです。それは事実ですから。でも、デイヴィットとの新しい思い出をこれからどんどん作っていきましょう！」

オフィーリアがジョンの眩しさに目を細めていたら、ジョンが「次は姉上の番です！」と突然矛先を向けてくる。思わず息を呑んでしまった。

「冬狩りとか、ピクニックとか……姉上もデイヴィットも春の大攻勢の準備でとても忙しいときですから、僕が計画を立てておきます。どちらがいいですか？」

楽しい思い出作りをすることは決定で、あとはどちらがいいのかを選ぶだけ。

オフィーリアがジョンに教えた『相手にいいえを言わせない説得の仕方』を、ジョンが自分に使ってきた。

「……ど、どちらも楽しそうで選べないわ。考えておくわね」

オフィーリアは、議会の準備をしなければならないから、と言ってそそくさと逃げ出す。

自分の部屋に戻ってから、とりあえず今回はどうにかなったと胸を撫《な》で下《お》ろした。

「このまま逃げ切れるかしら……！」

――生き返った弟が手強《てごわ》い。デイヴィットとの仲を修復……いや、修復はできないとわかったので、最初に戻してからもう一度発展させていこうとしている。

それはとても正しいことだ。しかし、オフィーリアが受け入れられるかどうかはまた別の問題だった。

アルケイディア国の、春告げる王の栄光ある枢密院《すうみついん》。

枢密院は、立法と行政への助言を行う機関であり、二十一人の枢密院顧問官によって形成されている。

枢密院顧問官の中には国務大官と呼ばれている者たちがいて、彼らは枢密院会議と全ての貴族を集めて行う議会の両方に出席しなければならない。そのため、王都で暮らすことを義務付けられていた。

国務大官のうち、財政を担当しているのが【大蔵卿《おおくらきょう》】だ。ただし、第一大蔵卿は国王が兼任しているため、実務は第二大蔵卿が担っている。

亡き第二大蔵卿マシュー・バトラーに代わって新しい第二大蔵卿になったのは、元第二司法卿であったローガン・シーズ伯爵だ。

若きシーズ伯爵が異例の大抜擢《だいばってき》によって国務大官に任命されたことには、勿論《もちろん》理由があった。彼はとにかく〝有能〟なのだ。

「春の大攻勢のための予算案です」

午前中、ローガンが執務の間にやってきて、オフィーリアに予算案を見せた。

オフィーリアはそれを受け取り、ざっと目を通す。

「……三種類あるわね」

「はい。念のために、春の大攻勢が満場一致で決定しなかった場合と、春の大攻勢を諦めた場合の予算案も作成しました。こちらが大勝利を収めたときに必要となる金額と、そこそこの勝利だったときに必要になる金額と、敗北したときの賠償金です」

頭が痛くなる数字を書いた書類ばかりだ。戦争はとにかく金がかかる。それでも、この先のことを考えると春に決行しなければならない。

「アルケイディア国が完全勝利し、多額の賠償金を得る。この未来にするしかないわ」

「そのためには、春の大攻勢案を満場一致で可決しなければなりません」

賛成反対が入り乱れていれば、派兵しても味方に足を引っ張られる。勝利のための高い士気を皆に持たせることが難しくなってしまう。

（……どうにかして、ジョンに『これなら勝てる』と思わせたい）

この件ばかりは、残りの七日間を使い切らなければできないだろう。

オフィーリアは焦るな、と自分に言い聞かせる。

「シーズ卿、ご苦労さま。貴方がいてくれて本当に助かるわ。……第二大蔵卿の仕事にはもう慣れたようね。突然任せてしまったから、引き継ぎもあまりできなくて大変だったはずなのに見事だわ」

オフィーリアは気持ちを切り替え、自分を支えてくれているローガンを労《いたわ》ることにした。司法と財政は全く違うものだ。それでもローガンならなんとかするだろうと思い、国の要である役職を預けた。

そしてローガンは、その期待にしっかり応えてくれている。

「勉強しなければならないことも多いですが、やりがいがあります」

「嬉《うれ》しい返事ね。これからも頼んだわよ」

「春告げる王の御心のままに。……私の方こそ、女王陛下の決断に驚きました。まさか春の反撃をここまで大規模なものにするとは思ってもいませんでしたので」

ローガンにとってのオフィーリアは、『平和を愛する王女が気の毒にも戴冠することになった』というものでしかなかった。しかし、一度死にかけてからの女王は、歴代の王の中でも特に勇ましい王に思えてならない。

「私は大規模にしたくなかったの。でも、クレラーン国は仲良くしましょうと言って仲良くできるような相手ではない。一度しっかり殴っておかないと、話し合いすらできないなんて……」

「おっしゃる通りです」

「みんな粗暴者なのよ。……この国の男たちもね」

オフィーリアが提案した春の大攻勢に賛成している貴族の中には、オフィーリアを別方向から批判している〝粗暴者〟もいる。

「今は春の大攻勢のために和平派の説得をしなければならないときなのに、主戦派は主戦派の中で争ったり、和平派をねじ伏せて殴ることばかりを考えたりしているわ。なんのために言葉があるのか、わかっていないみたい」

貴族の多くは、国のためよりも自分のために動く。

ローガンのように忠実に働いてくれる有能な人物は、神からの贈り物としか思えない。

「いっそ私が春の大攻勢で前線に立ち、クレラーン国の軍人の頬と私を軽視している主戦派の頬を、まとめて叩《たた》いてやろうかしら」

オフィーリアはこれまでに五回の平手打ちをしてきた。この五回のおかげで、いい音を鳴らしつつ相手に強い衝撃も与えるという叩き方を覚えたのだ。折角覚えたのだから、活用できるのならしたい。

オフィーリアの半分ほど本気の勇ましすぎる提案に、ローガンは苦笑する。

「女王陛下が戦場に立つのはあまりにも危険な行為です。この宮殿で皆の活躍を期待しながら吉報をお待ちください」

「……そうね。お兄様のことがなければ、近くに行くぐらいはできたでしょうけれど」

兵士の士気高揚のため、女王か王弟のどちらかは戦場に行くべきだろう。

しかしオフィーリアには、戦場で戦死してしまった兄がいた。オフィーリアの後を継げる者がジョンしかいない今は、ジョンに行ってこいと命じるのを躊躇《ためら》ってしまう。

「実は私も女王陛下の勇ましさを皆へ伝えきれていないことに、残念だという気持ちを抱いております」

ローガンの慰めに、オフィーリアは苦笑しつつありがとうと答える。

しかし、ローガンにとってこの言葉は社交辞令ではなく、本気でそう思っていたから出てきた言葉であった。

チェレスティーン大聖堂で三人の男を次々に平手打ちにし、牢《ろう》に入れろと迷いなく命令したオフィーリアの姿を傍《そば》で見ていたら、誰であっても自然と首を垂れてしまうだろう。

「浅知恵ではありますが、小細工が一つございます」

――〝有能〟なローガンの提案。

オフィーリアは可憐《かれん》な微笑みを浮かべる。

「聞くわ。どんな小細工なの？」

「お芝居をしましょう。舞台は緑深き森、主演は女王陛下で、お相手は大司馬卿《だいしばきょう》パーシー・ハワード閣下です。すぐに準備しますので少々お待ちください」

人は、小細工が得意な者を『人望がある』と評する。

オフィーリアは人望のある女王になりたい。いいわね、とゆっくり頷《うなず》いた。

「人は刺激に慣れる。毎回平手打ちをして罵倒の言葉を放っていたら、強い衝撃を与えることができなくなる。……次はお芝居で粗暴者の横っ面を叩いてあげましょう」

それに、平手打ちをすると自分の手も少々痛む。かつての痛みを思い出したオフィーリアは、右手をひらりと動かした。

二

冬の大議会では、予算案についての話し合いも行われた。

結局のところ、春の大攻勢をどうするのかを決めなければ予算案も決められないので、そもそものところに戻って意見をわあわあ言うだけの時間になってしまう。

この議会でオフィーリアの口が開かれたのは、クレラーン国の軍旗を刺繍《ししゅう》したスカーフについての話をしたときだけだ。

オフィーリアはなにも決まらなかった議会を終えたあと、ロレンス・バトラーを午後の間に呼び出し、お茶でも飲もうと微笑《ほほえ》んだ。

ロレンスは周りから疑いの眼差《まなざ》しを向けられ続けて疲れていたのだろう。力なく「はい……」と返事をするのが精一杯のようだ。

「貴方《あなた》に謝罪と礼を言わなくてはいけないと思って」

心が落ち着く香りの茶を入れてもらったオフィーリアは、それをロレンスに勧めながら優しい笑顔を向ける。

「謝罪と礼……ですか？」

「ええ。ジョンが仮死状態になっていたとき、貴方が訪ねてくれたでしょう？　私はそのとき、ジョンの大怪我《おおけが》のことでなにも考えられなくて、貴方の折角の気遣いを無駄にしてしまったわ」

ジョンの最期を看取《みと》ったのはロレンスだ。自分も辛《つら》いときなのに、それでもロレンスは残された家族のためにわざわざ足を運んでくれた。

（犯人ならジョンの家族を気遣うよりも先に、証拠隠滅をしようとしたり、言い訳を口に

したりするはず）

そもそもロレンスにはジョンを襲う動機がなく、犯行自体もかなり難しい。そして、オフィーリアを気遣ってもくれたのだ。ロレンスが犯人だとどうしても思えないのは、様々なことの積み重ねである。

「とんでもございません。メニルスター公爵殿下が無事で本当によかったです」

ロレンスは、義弟になる予定だったジョンと親しくしていた。そして今もジョンの快復を素直に喜んでくれている。

「私は貴方がしてくれた話をあまりしっかり覚えていなくて……。もう一度、ジョンが襲われたときの話を聞かせてもらえるかしら」

「勿論《もちろん》です！」

ロレンスは何度も同じ話をさせられてうんざりしていただろうけれど、オフィーリアの頼みを快く引き受けてくれた。

「あの日、私はヒューバートやマーガレットと屋上庭園で話し合いをすることになっていました」

「冬の夜に屋上庭園……どうして話し合いの場をそこにしたの？　寒いでしょう？」

「だからです。……その、既に何度か声を荒らげるような話し合いをしていたのです。ヒューバートから、あまり人がこない場所の方がいいだろうと言われ、それもそうだと思い、屋上庭園はどうかという彼の提案に頷きました」

声を荒らげるような話し合いについては、オフィーリアも耳にしている。

ヒューバートの提案もロレンスの判断も、とても自然なものだった。

「私は舞踏会の間で、メニルスター公爵殿下へ話し合いに参加してもらえないだろうかと頼んだのです。メニルスター公爵殿下は快く引き受けてくださいました」

「……話し合いにジョンを参加させてもよかったの？　ジョンとヒューバートは友人よ。ヒューバートの味方をする可能性もあるわ」

「だからです。メニルスター公爵殿下は友人に裏切られて辛い思いをしたはずです。そのお気持ちを二人に聞かせることで、二人の目を覚まさせるつもりでした」

そんなに都合よくいくかしら、とオフィーリアは呆《あき》れたけれど、顔には出さず、うんうんと頷いておく。話を聞き出すときは、相手の気持ちに寄り添うことを大事にしなければならない。これは基本中の基本だ。

「そのすぐあと、私は友人に話しかけられてしまいました。メニルスター公爵殿下は先に行くとおっしゃいました。……待ってください、と言うべきだったと後悔しています」

襲撃犯は、ジョンの隣にロレンスがいたら襲撃を躊躇っていたかもしれない。ロレンスはずっとそのことを悔やんでいた。

「私は友人との話を終わらせたあと、舞踏会の間を出て大臣の階段を上がっていきました。踊り場まであと少しのところで、鈍くて嫌な音が二回聞こえたんです。そのあとにまた別のものが落ちたような音も聞きました」

「貴方は三回の音を聞いたのね？」

「はい。どういう音かと問われても、どのように表現していいのかわからないのですが……。最初の音は小さめでした。多分、メニルスター公爵殿下の頭部が殴られたときの音です。その直後に重たい物が落ちたような音が聞こえました。最後はメニルスター公爵殿下が倒れたときの音だったのでしょう。……初めは、人が襲われた音だと思わなかったのです。なんの音だろうかと思いながら、急ぐことなく階段を上がっていました。踊り場についたときに、ヒューバートの『ジョン！』という叫ぶ声が聞こえたので顔を上げたら、メニルスター公爵殿下が倒れていることに気づき、私も叫びました」

ロレンスはこの説明を何度もしたのだろう。とてもわかりやすくまとまっていた。

「二回の嫌な音の間隔は？　どんどん、ぐらい？」

「もう少し間隔がありました。どん、………どん、ぐらいです」

ロレンスの記憶が正確なものであれば、犯人はブロンズ像でジョンを殴り、その勢いで思わずブロンズ像から手を離してしまったというわけではなさそうだ。

殴ったあとに我に返り、あっとなって思わず手放した。そのぐらいの間隔である。

「動揺してしまった私は、おろおろすることしかできませんでした。ヒューバートが医師を呼べと兵士に命じていて、それから私にすれ違った人はいないかと訊《き》いてきて、そのときようやく犯人がいるということに思い当たったぐらいです」

ロレンスの一連の行動は、完全に予想外の事件に遭遇した人のものであった。

もしもこれが全て演技だとしたら、ロレンスは役者になった方がいいだろう。

(そもそも、腹芸が得意な人ではない。やはり、バトラー卿は犯人ではない気がする)

ロレンスが犯人だとしたら、もっと誰かに責任をなすりつけるような証言をするだろう。自分に疑いが向かないようにしたがるはずだ。

「医師と兵士がくるまで、私はメニルスター公爵殿下の手を握り、声をかけ続けました。……動揺していたので断言はできないのですが、他の兵士が駆けつけるまで、近くに誰もいなかったと思います」

事件現場周辺に立っていた見張りの兵士全員が『事件発生の前後に、事件現場方面からきた者はいなかった』と証言している。ロレンスの言っていることはおそらく正しい。

「マーガレットは見なかったの？　たしか屋上庭園へ出る扉近くにいて、貴方たちがくるのを待っていて、大きな音を聞いたあと、騒ぎに気づいて階段を下りたと言っていたわ」

「そうだったんですか。……マーガレットに全く気づいていませんでした。やはり私はかなり動揺していたようです。もっとしっかりしていたら、すぐに開いている窓に気づけて、逃げていく犯人の姿を見ることができたかもしれないのに……！」

後悔の言葉を漏らすロレンスに、オフィーリアは優しく微笑む。

「貴方があの場にいて、ジョンに声をかけ続けてくれたから、ジョンは生きることを諦めなかったのよ。ジョンの傍にいてくれて本当にありがとう」

ロレンスと話したことで、オフィーリアは確信できたことが一つある。

犯人はロレンスではない。真犯人はどこかにいる。笑っているのか、後悔しているのかはわからないけれど、こちらの様子を絶対に窺《うかが》っているはずだ。


オフィーリアは、事件のあった大臣の階段に足を運んでみた。

なぜかデイヴィットもついてきた。

オフィーリアが嫌そうな声でついてこないでと言えば、デイヴィットは私もここに用があるんだよという白々しい返事をしてくる。

「金塗りの天使のブロンズ像……重いわね」

オフィーリアは踊り場で立ち止まり、実際に凶器となったブロンズ像を持ってみた。両手で抱えたまま運ぶことはできる。頑張れば振り上げることもできるけれど、よろけてしまった。

「オフィーリア、気をつけてくれよ。足に落としたら大変だ」

デイヴィットは心配だと言いながらもオフィーリアから距離を取っている。どうやら妻の足よりも自分の足が気になるらしい。

「貴方《あなた》に振り下ろしたくても重すぎて狙いが定まらないから安心してちょうだい」

やはり犯人は男のような気がする。このブロンズ像を持ったまま階段を上がり、ジョンに振り下ろして、それから……。

「ブロンズ像が落ちていたのはどこだったかしら？」

「この辺りです」

ついてきたホリスが階段半ばのところを指差す。

オフィーリアは、少し離れた場所からその位置を眺めてみた。

「犯人はジョンを殴ったあと、ブロンズ像を持ったまま数段下りて、そこで慌てて手を離した。もしくは、殴ったあと、呆然《ぼうぜん》としてから凶器を放り投げた……ということになりそうね」

今は、音と凶器が落ちていた場所から犯人の行動を推測するしかない。

「呆然とした……か。計画的な犯行とは思えないな。いや、度胸がなければ計画的な犯行でも慌てふためいてしまうかもしれないね。君を殺そうとした犯人のように」

デイヴィットがわかりやすい過去の例を持ち出してくる。

オフィーリアを撲殺しようとして寝室の間に侵入したランドルフ・ウッドヴィルは、ベッドの上のオフィーリアが死にかけていることに驚いた。どうにかして止《とど》めを刺さなければならないと焦った結果、持ってきた金槌《かなづち》を使わずに、オフィーリアをバルコニーから投げ捨ててしまったのだ。

ランドルフは軍人で、戦場にも立っていた男だけれど、それでも死にかけた人間を見て動揺したし、思いがけない行動に出ている。

「……貴方はこの事件の真相をどう思っているのかしら」

オフィーリアにとって、ジョンは大事な弟だ。家族への愛情というものが邪魔をして、物事を正しく受け止められていない可能性があった。

オフィーリアよりはジョンとの距離があるデイヴィットの意見を参考にしたくて尋ねると、デイヴィットはにやりと笑う。

「この手の事件は、実は単純な話であることが多い」

「そう……なの？」

「机の上にあったクッキーがなくなったという事件があったことにしよう。その部屋の窓にも扉にも鍵がかけられている。犯人はどうやってクッキーを奪ったのかわかる？」

「鍵を持っていたとか？」

「それもいい答えだ。でもまあ、実際にあった話なんだけれど、窓が開いているときに入り込んだリスが閉じ込められてしまい、クッキーを食べてしまったというだけなんだよ」

話だけ聞くと、壮大で緻密な仕掛けがありそうだった。

しかし現実は、入り込んだリスが食べたという、よくある話でしかない。

「実はジョンが酔っ払っていて、ジョンの証言がそもそも正しくない……とかね」

「まさかそんなはずは……、あら……？　……どう、だったのかしら」

オフィーリアは、舞踏会が始まった直後にジョンと話をしたけれど、そのあとはジョンの姿を近くで見ていなかった。酔っていなかったと言い切れない。

そして、大怪我《おおけが》をした人がいれば、怪我の手当てが優先されるため、酔っていたのかどうかを確かめようとする者はいないだろう。

「マーガレットやヒューバート、バトラー卿《きょう》が酔っていて、全員が自覚なく嘘《うそ》をついている可能性も勿論《もちろん》ある」

「お酒の匂いが強かったという話は四人共なかったけれど……。みんな動揺していたから気づかないだろうし、確かめる人もいないわね」

――実は単純な話。

デイヴィットもきっと、事件の被害者や関係者が酔っ払っていたと本気で思っているわけではない。けれども、なにかの『偶然』が発生して不可解な事件になっただけという認識ではいるようだ。

「ジョンが酔っ払っていたとしても、犯人は必要よね？」

ジョンの怪我は後頭部にある。真正面から殴られたわけではないことは確定していた。

「偶然にも階段の途中にブロンズ像が落ちていたことにしよう」

「そんなことがあるのかしら？」

ありえないことを言い出したデイヴィットに、オフィーリアは呆《あき》れる。

「なら、ジョンが酔っていてブロンズ像とダンスをしていたことにしよう。彼はブロンズ像とのダンスを終え、ブロンズ像を階段の途中に置いた。そのあと、ハンカチに気づいて取ろうとしたけれど、酔っていたせいでうっかりひっくり返り、ブロンズ像に強く頭を打ち付けた……というのはどう？」

流石《さすが》にそこまでジョンが酔っていたら、ジョンに声をかけたロレンスがそのことに気づいただろうし、大臣の階段前にいた見張りの兵士もジョンの様子がおかしかったという証言をするだろう。絶対にありえないとわかっているけれど、それでも納得しそうになってしまった。

(……そうね。真相はこのぐらい単純なのかも)

デイヴィットは、『ありえないけれど説明はできる』という推測をいくつも思い浮かべているはずだ。もしかしたらその中に〝真相〟が紛れ込んでいるかもしれない。

オフィーリアもデイヴィットの真似《まね》して単純な真相を考えてみようとしたとき、階段下からジョンの声が聞こえてきた。

「姉上は二階に？　ああ、ありがとう」

はっとしたオフィーリアは、慌てて周囲を確認する。

「デイヴィット！　時間を稼いで！」

「どうしたんだい？」

切羽詰まったオフィーリアは、空中庭園へ逃げ込むことに決めた。

急がなければ、とドレスのスカートを手で持ち上げる。

「このままだと冬狩りかピクニックのどちらかを選ばなければならなくなるのよ！」

オフィーリアはデイヴィットにそれだけ言うと、優雅に足早にこの場から立ち去った。

・

「デイヴィット！　姉上がここにいると聞いたのだけれど……」

「ああ、オフィーリアならあとを私に任せてもう行ってしまったよ」

階段を上がってきたジョンは、デイヴィットの説明を素直に信じる。すれ違ってしまったんだね、と笑った。

「オフィーリアになにか用でも？」

「僕とデイヴィットと姉上の三人で、冬狩りかピクニックをしようという計画を立てていたんだ。姉上にどちらがいいかを選んでもらいたくて」

「それは素敵な計画だね」

デイヴィットは穏やかに微笑《ほほえ》みながらも、心の中で思いっきり笑っていた。

──あのオフィーリアが逃げた！　ジョンに最悪か最悪かを選べと迫られて！

こんなに愉快なことがあってもいいのかと、デイヴィットは嬉《うれ》しくなる。

「デイヴィットが姉上との時間を心待ちにしているようでよかった。……でも、姉上はこの国で一番の女性だから、当然のことかな」

ジョンの言葉に、デイヴィットは噴き出してしまった。それはあまりにも身贔屓《みびいき》がすぎるのではないだろうか、と。

「たしかにオフィーリアは素敵な女性だけれど……宮殿で見かける女性だけがこの国の女性ではないんだよ」

デイヴィットは、色々な女性がいることを知った方がいい、とジョンに助言したつもりだったけれど、ジョンは不思議そうな顔をする。

「デイヴィットは、姉上よりも素敵な女性がいると本気で思っているのかい？　姉上よりも綺麗《きれい》で、姉上よりも賢く、姉上よりも愛らしい心を持つ女性なんて、僕はいると思えないけれど……」

ジョンにとってのオフィーリアは、妖精の女王セレーネのように美しく、歴代国王の中でも特に勇ましい立派な王であり、ベッドでクッキーを食べるのは『はしたないことでどきどきする』という純粋で可憐《かれん》な心を持つ女性でもある。

「ああ、でも好みの違いはあるしね」

昔より視野が広くなっていたジョンは、すぐに自分の考えを改めた。

しかしデイヴィットは、ジョンの言葉が真理かもしれないと思い始めてしまう。

「じゃあ、またあとで。どちらになるか決まったらすぐに言うから」

ジョンはオフィーリアを探しに行った。

デイヴィットはそれを見送り……瞬《まばた》きを一つする。

「参ったな……」

オフィーリアよりも素敵な女性はいない。

ジョンの発言は身贔屓のものだけれど、真実でもあった。

デイヴィットを一番楽しませてくれるのは、間違いなくオフィーリアである。

(私が王になったときには、この国で一番素敵な女性であるオフィーリアはいない)

王冠をかぶったあと、デイヴィットは王妃を迎えなければならない。

果たして自分は、その王妃に満足できるのだろうか。

三

オフィーリアは、ヒューバートとマーガレットの結婚問題の解決に早速取りかかった。

まずは謁見の間にヒューバート・フィリップスを呼び出す。

フィリップス伯爵の嫡男であるヒューバートは、同じ家格の娘と結婚しなければならない。しかし、彼は不幸にも侯爵家の娘と恋に落ちてしまったのだ。

ヒューバートの父であるフィリップス伯爵は病を患い、爵位こそ持ってはいるけれど、領地の管理はヒューバートに任せていた。息子を諫《いさ》めるのは難しいだろう。

「妖精王リアに守られし春告げる王よ、お目見えすることができて光栄でございます」

「理想郷《アルケイディア》に住む子らよ、春の陽射《ひざ》しが貴方《あなた》たちに降り注ぐでしょう……。そう緊張しなくていいのよ。ジョンの事件について、話を聞かせてほしいの。ようやく私も落ち着いて話を聞くことができそうで……」

「わかりました」

ヒューバートもロレンスと同じように何度も同じ話をさせられていたようで、あの夜のことをとてもわかりやすく話してくれた。

オフィーリアはヒューバートの話を聞いたあと、細かい確認をしていく。

「空中庭園に出る扉の前にいたとき、音を二回聞いたらしいわね。その前にもう一つ小さな音を聞かなかった？」

「小さな音……ですか？」

「バトラー卿はまず小さな音……おそらくはジョンが殴られたときの音を聞いて、それからブロンズ像が床に落ちた音と、ジョンが倒れた音を聞いていたわ」

「小さな音は聞こえなかったと思います」

ロレンスはジョンの近くにいたけれど、ヒューバートと見張りの兵士は少し離れた場所にいた。殴られたときの音が聞こえなくても不思議ではない。

「貴方は、この事件の真相をどう見ているのかしら。計画的な犯行なのか、偶発的な犯行なのか、それとも……」

単なる事故なのか、とオフィーリアは続けようとしたのだけれど、ヒューバートはなにを思ったのか、妙なことを言い出した。

「あのっ、私は疑われているのでしょうか……!?」

オフィーリアは首を傾《かし》げてしまう。ヒューバートには、犯人ではないと言い切れる明確な証拠がある。どうしてそんな発想になったのだろうか。

「私はやっていません！　そんな、ジョンを襲うなんて恐ろしいことを……！」

必死の形相で訴えてくるヒューバートを、オフィーリアは優しく宥《なだ》めた。

「大丈夫よ。貴方を疑っている人なんていないわ」

人は疑われたと思ったら、無実であっても混乱してしまうものだ。オフィーリアは、まあまあと言いつつ、言葉の選び方に気をつけようと思った。

「事件についての話はこれぐらいにしましょう」

次はいよいよマーガレットとの結婚についての話である。

正直なところ、家格の違いという壁は高い。

ヒューバートがマーガレットを連れて異国に行くというのなら、オフィーリアは黙って見逃しただろう。しかし、伯爵として侯爵家の娘と結婚をしたいと言うのなら、それは侯爵家の理解を得てからにしてくれと言うしかない。

「……マーガレットとのことだけれど」

オフィーリアが今まで見て見ぬふりをしていた部分へついに踏み込めば、ヒューバートの背筋が伸びる。

オフィーリアはわざとひと呼吸置き、ヒューバートが『聞く姿勢』を整えるまでの時間を用意した。

「バトラー卿《きょう》からマーガレットとの結婚を反対されている理由はいくつかあるけれど、そのうちの一つである身分の差については、貴方も理解しているわよね？」

ロレンスが望んでいるマーガレットとジョンの婚約破棄の撤回は、オフィーリアが「女王命令に逆らうな」と言うだけで解決する。

しかし、それだけで二人が結婚できるようになるのかというと、そうではないのだ。

「貴方は、皆に祝福される幸せな結婚をしたくはないの？」

「私は……マーガレット以外の女性と結婚しても幸せになれません！」

ヒューバートの目もマーガレットの目もいつだって情熱的で、恋に夢中であることをわかりやすく教えてくれていた。

オフィーリアの頭が痛くなる。それはヒューバートやマーガレットの若さに呆《あき》れてのことではない。過去の自分を思い出したからだ。

(私もこんな目をしていたわ……。恋は厄介ね)

目が覚めた今は、デイヴィットに関する様々なものに対して冷静な目で見られるようになった。しかしこれは、自分が賢かったという話ではない。運がよかったというだけの話だ。この二人を呆れられるような人間ではない。

「……私は、マーガレットとの結婚を皆に祝福されるものにしたくはないのか、と尋ねたかったの。言葉が足りなかったようね」

オフィーリアが苦笑すると、ヒューバートがはっとする。

そして、声を荒らげたことを恥じるように「すみません……」と言い、視線を落とした。

「私はマーガレットとの結婚を幸せなものにしたいと思っています」

「なら、やるべきことは一つよ」

オフィーリアは、わざとらしいほど真面目な表情を作る。

「バトラー卿《きょう》に認められなさい。フィリップス伯爵家とバトラー侯爵家の双方が納得するのであれば、私は女王としてその結婚についてとやかく言うつもりはないわ」

積極的に祝福するわけではないけれど、黙認はする。

女王がそうするのであれば、貴族たちはそれに倣ってくれるだろう。

これはオフィーリアにできる二人への最大の支援だ。

「ありがとうございます……！　ですが、どうやれば……！」

ヒューバートが困った顔をした。

オフィーリアは、今が好機だと判断し、ヒューバートの肩にそっと手を置く。そして柔らかく微笑んだ。私は貴方の味方なのだと、相手の心に刷り込んでいく。

「──春の大攻勢。それに参加して手柄を立て、貴方がこの国の英雄になるのよ」

ヒューバートが息を呑《の》んだ。彼にとって想定外の提案だったのだろう。

オフィーリアは、ヒューバートの理解が追いつくのを待つ。そして肩に置いた手に力を込め、もうこれしかないのだと、ヒューバートに圧力をかけた。

「バトラー卿は春の大攻勢を支持している。貴方が春の大攻勢で活躍したら、絶対に見直すわ。可愛《かわい》い妹だけれど、英雄に嫁がせるのであれば……と思うようになるでしょう」

「私が、英雄に……」

オフィーリアはゆっくり頷《うなず》く。

ヒューバートは目を見開き、ごくりと喉を鳴らした。

「貴方が戦争で活躍してくれたら、私もできる限りのことをする。貴方を戦勝パレードの先頭に立たせ、勲章の授与式にはバトラー卿も呼びましょう」

ヒューバートは、ジョンと同じく血気盛んな若者だ。

──貴方が英雄になればいい。後押しをしてやる。

そんなことを言われたら、その気になってしまう。

(いい反応だわ)

ヒューバートが前のめりになり、頬を赤くしていた。自分が英雄になった未来を想像し、興奮しているのだ。

「マーガレットを、不倫した女性ではなくて、英雄の妻にしてあげたいと思わない？」

後ろ指を差される結婚ではなく、国中が喜ぶ結婚にする。

オフィーリアは、輝かしい未来をヒューバートに指し示した。

「私が……マーガレットを英雄の妻に……」

「そう。活躍の場である春はすぐそこよ」

和平派であるフィリップス家のヒューバートがいち早く女王側についてくれたら、自分の立ち位置を考え直す和平派も出てくるはずだ。

計算高い者たちは負け組につきたくないという理由で派閥を変えるだろうし、満場一致での意思決定を望んでいる者も「それならば」と派閥を変えてくれるだろう。

「若き英雄が国のために立ち上がり、若き同志を集めてくれたら、マーガレットも心強いでしょうね」

オフィーリアは、ヒューバートに仲間集めもすべきだと助言する。

そして、ヒューバートはオフィーリアに乗せられ、オフィーリアの思い通りの結論を出してくれた。

「……女王陛下！　ご助言、ありがとうございます！」

ヒューバートはすっかりやる気になっている。勢いよく立ち上がり、右手を左胸に当てて、輝く瞳を向けてきた。

「私は春告げる王とマーガレットに勝利を捧《ささ》げます！」

勇ましい決意表明をするヒューバートに、オフィーリアは頼んだわよと微笑《ほほえ》む。

（これは二つ目の小細工……。大細工をして一気に結果を出したいところだけれど、現実

は都合のいい展開になってくれないわね)

今はまだ水面に水を一滴ずつ落としていくような細工しかできない。しかし、上手《うま》くいけば議会を揺さぶる大きな波に育つだろう。

オフィーリアは、次いでマーガレット・バトラーを呼び出した。

マーガレットが気軽に話せるよう、仕事に疲れたから少し話し相手をしてほしいという形にしておく。

「ベリーのパイが好きだったでしょう? それで貴女《あなた》のことを思い出して」

オフィーリアの特に用があったわけではないという説明に、マーガレットはわかりやすくほっとしていた。

「最近、色々と騒がしかったから……。こんな風に午後のお茶をゆっくり楽しむのも久しぶりなの。貴女がきてくれて嬉《うれ》しいわ」

先日、オフィーリアはデビュタントを控える娘を持つ貴婦人たちとも茶会をしたけれど、それはなかったことにしておく。

マーガレットは、その茶会のことをすぐに思い出せなかったようで、表情を痛ましいものに変えてくれた。

「メニルスター公爵殿下がお元気になられて本当によかったです」

「ええ、本当に。……貴女は事件現場近くにいたらしいわね。そのことをすぐに気遣えなくて申し訳なかったわ」

オフィーリアが頬に手を当て、あのときは混乱していて……と儚《はかな》げな表情を作る。

マーガレットは、オフィーリアへの慰めの言葉を慌てて口にした。

「そんな……！　私の方こそ女王陛下をお傍《そば》で励ますべきでしたのに……！」

少し前までマーガレットは、オフィーリアの弟の婚約者という立場だったのだ。

今は婚約破棄や新しい男との結婚騒動で少しオフィーリアと距離を置いてしまっているけれど、マーガレットは女王と最も近しい女性の一人であることは間違いない。

「あのとき、貴女は大臣の階段を上がり切ったところ……屋上庭園へ出る扉近くにいたと聞いたわ。ジョンが襲われる前後に不審な人物を見かけていない？」

マーガレットも色々な人に同じことを訊《き》かれていたのだろう。

彼女は迷うことなく首を横に振った。

「見張りの兵士以外の者は見ておりません。お役に立てず本当に申し訳ありません……」

あの夜のことを思い出したのか、マーガレットの手が震え始める。

「大きな音は貴女も聞いていたのよね？」

「……はい。そのときは、なにか物が落ちたのかな？　と思っただけでした」

「音は何回聞いたの？」

「三回です」

「どれが大きかった？」

「同じぐらいです」

マーガレットもロレンスと同じように、三回の音を聞いていただろうとは思っていたけれど、どれも同じくらいの音に聞こえていたことには少しだけ驚かされる。

（音が上に響いていたのかもしれない。もしくは……）

マーガレットの記憶が曖昧になっていても不思議ではない。彼女は異変に気づいたあと、階段を下りた先で血だらけのジョンを見て、激しく動揺したはずだ。

「……あの、私は疑われているのでしょうか？」

マーガレットが弱々しい声で尋ねてくる。

オフィーリアは、「ヒューバートと同じ反応をされたことに首を傾《かし》げてしまった。

（私の聞き方が悪いのかしら……？）

きっとマーガレットもヒューバートも、浮気をしていたという負い目があって、つい悪い方向に考えが向かってしまうのだろう。

「心配しないで。貴女のことを疑っている人はいないわ」

ジョンがマーガレットに背後から殴られていたのであれば、二人はその前にすれ違っておかなければならない。ジョンはかなり酔っていない限り、マーガレットとすれ違ったことに必ず気づくだろう。

（それに……、マーガレットにはあのブロンズ像を振り上げられない）

両手で抱えて移動することはできても、狙いを定めて振り下ろすのはかなり厳しい。マーガレットがかっとなっていたとしても、ブロンズ像を持ち上げた段階で諦めるはずだ。

「ただ……、バトラー卿《きょう》に関する心無い噂《うわさ》を口にする者はいるかもしれないの。妹である貴女がバトラー卿を支えてあげてちょうだい」

「……お兄様が疑われているのですか⁉」

マーガレットの目が見開かれた。どうやらマーガレットは、まだ例の噂を聞いていなかったようだ。

「そんな……！　お兄様がそんなことをするはずがありません！　絶対に違います！」

「ええ、大丈夫よ。私もそう思っているわ」

「お兄様は事件に関係ありません！　誰がそんなことを……！」

マーガレットは怒りを顕《あらわ》にした。

その様子を見せられたオフィーリアは安心する。結婚については兄妹《きょうだい》の意見が割れてしまったけれど、家族の情はきちんと残っているようだ。

「私から大司法卿《だいしほうきょう》へ早まったことはしないようにと言ってあるから安心しなさい。……貴女がそこまで庇《かば》ってくれたことをバトラー卿が知ったら喜ぶでしょうね」

オフィーリアがゆっくり言い聞かせるように喋《しゃべ》れば、ようやくマーガレットは我に返ったらしい。取り乱してしまって恥ずかしいと、ハンカチを取り出して口を覆う。

（ヒューバートの話をしたかったけれど……、少し雑談をしてからの方がよさそうね）

オフィーリアは話の種になるものを探し、すぐにマーガレットのハンカチに目を留めた。

「素敵なハンカチね。レースの模様はスノードロップかしら？　見事だわ」

ハンカチを持つのは貴族の子女の嗜《たしな》みである。バトラー侯爵家の財力によって購入されたレースのついたハンカチには、芸術品並みの値段がつけられていたはずだ。

「見せてもらってもいいかしら？」

「はい」

「まあ、なんて薄いレースなの……！」

女王に持ち物を褒められて喜ばない者はいない。

マーガレットは嬉しそうにし、どこの工房のどの職人に作らせたものなのかを丁寧に説明してくれた。

「名前の刺繡《ししゅう》は貴女が？」

「はい。冬に使うハンカチなので、雪のように輝く銀の糸で刺繡をしました」

ハンカチには美しい文字の刺繡が施されている。素晴らしいわねと褒めつつ、どこかでこの文字を見たことがあるような気がした。

マーガレットはジョンの婚約者だったから、ジョンに刺繡入りのハンカチを贈ったこともあるだろう。

オフィーリアは、きっとそのハンカチを見たときの記憶だろうと納得しかけたけれど、つい最近見たはずだと思い直す。

「女王陛下？」

「……つい見惚《みほ》れてしまったわ」

刺繡を見つめたまま動かなくなったオフィーリアに、マーガレットが首を傾げた。

オフィーリアは、刺繡についてはあとで考えることにし、いよいよ本題に入る。

「花嫁のヴェールにこの薄いレースを使えば、雪のように輝くでしょうね。貴女がかぶる日はいつになるのかしら」

オフィーリアの言葉に、マーガレットはわかりやすいほど顔をこわばらせた。

「実は少し前、私はヒューバートとその話をしていたの。……ヒューバートは、春になったら戦地に向かい、英雄になって戻ってくると言っていたわ」

「英雄に……？」

マーガレットはどういうことだと不安そうな表情になる。

オフィーリアは、心配はいらないわと微笑《ほほえ》んだ。

「ヒューバートがこの国の英雄になれば、きっとバトラー卿も貴女《あなた》とヒューバートの結婚を認めるでしょう。ヒューバートの無事と活躍を祈るためにも、この冬の間にハンカチに刺繍をして、それをヒューバートに贈ってみたらどうかしら」

マーガレットが「そんな危険なことはしないで」とヒューバートに泣きついたら、ヒューバートの気持ちが揺らぎ、戦争へ反対するようになるかもしれない。

オフィーリアとしては、これからのことを考えると、マーガレットにはヒューバートの応援をしてほしいのだ。

「ヒューバートが英雄に……」

「そう。英雄になったヒューバートは、貴女の前で跪《ひざまず》き、結婚を申し込むの」

——家族や友人たちに認められた、最高に幸せな結婚。もしかして、叶《かな》えることができるのかもしれない。

マーガレットはその光景を思い浮かべ、頬を赤く染める。

「私とヒューバートの結婚……！」

恋に夢中な乙女は、戦争の恐ろしさよりも恋を選び取った。襲撃犯に怯《おび》えていた令嬢は、もうここにはいない。

「女王陛下、ご助言ありがとうございます。ハンカチの刺繡を頑張ります！」

オフィーリアは、目の輝きを取り戻したマーガレットを見送る。女官によって扉が閉められたあと、ようやく肩の力を抜いた。

「ジョン、もういいわよ」

隣の部屋にいるジョンへ扉越しに声をかけると、勢いよく扉が開く。

「姉上……！　お見事でした！」

ジョンは謁見の間に入ってくるなり、オフィーリアの手を握った。

「ヒューバートとマーガレットの結婚問題の解決と、和平派の懐柔のきっかけ作りを同時に行うなんて……！」

ジョンの瞳はきらきらと輝き、頬は紅潮していて、オフィーリアに感激したということを全身で伝えてくれる。

「素晴らしい手腕です！　僕も見習わなくては！」

オフィーリアは、喜んでいるジョンを見て安堵《あんど》した。

友人と元婚約者のことは、ある程度は割り切ることができたのだろう。

（二人の結婚問題がジョンの死に際の願いかどうかはわからない。けれどもきっと、ジョンの心残りの一つは減らせたはず）

そしてこれからもう一つ減らすつもりだ。ジョンの心残りの一つに、きっとこの国の行く末への不安もあるだろう。

「次は……」

オフィーリアの視線が窓の外に向けられる。

冬特有の灰色がかった青空を見ながら、新たな段階へ進むことを告げた。

「――冬狩りを利用して主戦派を手懐《てなず》けるわよ」

王者の微笑みを見せれば、ジョンも力強く頷《うなず》く。

オフィーリアはジョンに冬狩りの作戦を伝え、ヒューバートと共に和平派の切り崩しを始めてほしいと頼んだ。

「それで、デイヴィットとの冬狩りとピクニックの件だけれど……」

オフィーリアはこほんと咳払《せきばら》いをする。

「王の狩場は主戦派を手懐ける作戦の準備をしなければならないから、三人での冬狩りは無理そうね。それに、冬にピクニックは難しいわ。どうしても天気に左右されてしまうから。風がなくて晴れている日を予定に合わせることは不可能だもの……」

だから春になったら、とオフィーリアは続けようとした。

姑息《こそく》な手段だけれど、最悪の狩りも最悪のピクニックも延期させてほしい。

「わかりました！　大丈夫です！　温室でのピクニックにしようと思っていましたから、風があっても晴れていたら暖かいですよ」

「……そ、そう」

「では、三人でピクニックをしましょう。僕と大侍従卿《だいじじゅうきょう》で準備を進めておきますので、姉上は楽しみにしていてください！」

ジョンは、夫婦関係の改善のための最悪の計画をまた一歩進める。

うきうきしているジョンが部屋から出ていったあと、オフィーリアはふらふらと歩いて寝室の間に向かった。

「私の弟が強くなっているわ……！」

なんて手強《てごわ》いの、と苦悩する。しっかり計画を練ってしっかり手回しをするというジョンの著しい成長はとても喜ばしいけれど、今は素直に喜べなかった。

「外の風を浴びたい……」

ローガンとの打ち合わせ、議会、現場検証と三人の客人、最悪の計画の進行……。

オフィーリアは流石《さすが》に疲れてしまい、気分転換をしたくなる。冷たい空気を求め、寝室の間のバルコニーの扉を開けた。

「……私より、ジョンの方が大人なのかもしれないわね」

元婚約者の幸せを願おうと努力しているジョンは、本当に立派な人間だ。

オフィーリアは、デイヴィットが不幸になっても自業自得としか思えないだろう。ピクニックのことも今からげんなりしている。

(そのうちなら、私も……)

時間をかけていけば、デイヴィットを男として愛せなくても、家族として接することはできるようになるのかもしれない。

(でも、デイヴィットもそう思っていてくれたら……の話よ)

あの男が玉座を奪い取りにくるのなら、甘いことは言っていられない。

デイヴィットと敵対することになったら、護国卿《ごこくきょう》の称号を剝奪するだけではなく、命も奪わなければならないだろう。そして、その覚悟はもうオフィーリアにできている。

「あの男はいつだって私の悩みの種ね」

新鮮な空気を胸いっぱいに取り込んだとき、オフィーリアはふとなにかを思い出した。

「あっ……！」

そうだ、と今になって気づく。マーガレットのハンカチに刺繍されていた文字は、ジョンが拾おうとしたハンカチの『愛《いと》しのデイヴィット』の刺繍の文字によく似ていた。

「まさか……デイヴィットはマーガレットにも言い寄っていたの!?」

義弟《おとうと》の婚約者になんてことを……！　とオフィーリアは憤慨する。

あの男の場合は、一度ぐらいは死んだ方が絶対にこの国のためになるだろう。

四

ジョンが生き返ってから四日目、オフィーリアは議会が終わったあと、数人の貴族に声をかけた。明日は議会がない日だから、狩りに行かないか……と。

一般的に狩りは秋に行われるものだけれど、冬に狩りをすることもある。

――冬の兎《うさぎ》狩り。

それは、雪につけられた兎の足跡から居場所を特定し、犬を使って兎を追い込み、飛び出てきたところを銃で撃つというものである。

オフィーリアは狩りをさほど好んでいないのだけれど、戦争が好きな男は狩りも好きだ。仲間意識を持たせるためにも、その趣味に付き合ってやらなければならない。

(狩りの場所は――……〝王の狩場〟)

王の狩場は、国王の許可なしに入ることはできない。国王の許可があったとしても、捕まえてもいい動物やその数は決まっている。

そして、ここは純粋に狩りを楽しみながら参加者の技量を競い合うという場ではなかった。狩人《かりゅうど》が入ってこられないため、人から逃げることが下手になっている獲物ばかりになっていて、誰でも簡単に狩りができる場所になっているのだ。

招待客に獲物が獲《と》れたという高揚感を味わわせ、その獲物を料理してワインを楽しみつつ、大事な話をして頷かせる。王の狩場は野外の社交場なのだ。

オフィーリアは王の狩場に、主戦派の中でも特にオフィーリアを軽んじている者たちを招待した。表向きは『狩りを楽しみながら春の大攻勢に向けての相談をしたい』ということになっている。

「女王陛下は勇ましい格好もよくお似合いですな」

「ありがとう。こういう衣装も気分転換にいいわね」

狩りの参加者は皆、赤いハンティングジャケットと黒のブーツを身につけなければならない。森の中で暗い色のジャケットを着ていると、獲物と間違われて怪我《けが》をする恐れがあるので、これはとても大切な決まりである。

「それでは、お昼の鐘が鳴ったらここに戻りましょう」

兎狩り開始の合図の鐘が鳴った。身分の高い者から出発だ。

まずはオフィーリアが馬を歩かせ、狩場をぐるりと回るように移動していった。

(……準備はできているみたい)

王の狩場であっても、密猟者はやってくる。

ローガンの計画通り、オフィーリアは密猟者の存在を匂わせるような細工をあちこちにわかりやすく仕掛けておいた。

(例えば、兎穴の覆いに女王の印がない網を使っているとかね)

オフィーリアはゆっくり森の中を移動し、最初の地点に戻ってくる。

怪我をした人はいないか、異変はないかを尋ねれば、オフィーリアの従者たちは「問題ありません」と答えた。

「女王陛下！」

そんな中、貴族の一人が馬を走らせてこちらにやってくる。

オフィーリアはなにも知らないふりをしながら呑気《のんき》なことを口にした。

「もう兎を見つけたの？　早いわね」

「いいえ、それが……どうやら密猟者がきていたようです。近衛隊《このえたい》をお傍《そば》から離さないようになさってください」

「密猟者ですって？」

オフィーリアはわざとらしく訊《き》き返《かえ》しながら、順調に計画が進んでいることに安堵《あんど》する。

密猟者の存在に気づいた者はきっと他にもいるだろう。

オフィーリアは気をつけるわねと言いながら、近衛隊を連れて再び山の中に入った。

途中で代わりに狩りをしてくれている従者に出会う。彼は「兎に斜面を下らせるところです」と楽しそうに報告してくれたので、期待しているわと激励しておいた。

（山の中に密猟者。そして、か弱き女性の存在。わかりやすい展開だわ）

ローガンは素敵な脚本を書いてくれた。あとは主演のオフィーリアがどこまで迫真の演技を見せつけることができるかである。

「……女王陛下、大司馬卿《だいしばきょう》が山の奥に向かいました。このまま進んでいけば山小屋の近くを通ります」

昼前になったとき、森のあちこちに配置しておいた近衛兵の一人が報告にくる。ようやく罠《わな》に引っかかってくれたようだ。

「みんな、急ぐわよ」

オフィーリアは近衛隊を連れて舞台となる山小屋に急いだあと、何食わぬ顔をして馬の速度を緩めた。

すぐに大司馬卿パーシー・ハワードの馬が見えてくる。どうやら間に合ったようだ。

「侯爵様、女王陛下が……」

狩りの参加者同士が出会ったら、身分の低い者は身分の高い者に道を譲らなければならない。しかし、獲物を追っているときは譲らなくてもいい。そういう規則がある。

パーシーの従者がオフィーリアの馬に気づき、主人に報告した。パーシーは兎を探している最中だったので、自分の馬を道の端で停止させる。

「大司馬卿、調子はどうかしら？」

「既に二匹捕らえました。今日のハンティング・キングの座は頂きますぞ」

パーシーは狩りを満喫できているようだ。

オフィーリアは帽子を直すふりをして、近衛兵に合図を送る。

「女王陛下！　大変です！　密猟者の足跡があります！　この辺りの安全を確保するまで、山小屋でお待ちください！」

「足跡？」

「はい。とても新しいものです。もしかしたら密猟者とすれ違うかもしれません」

神妙な顔で報告をしにきた近衛兵に、オフィーリアはため息をつく。

「もうじき昼の鐘が鳴るわ。今ここで一時中断しても問題ないでしょう。安全が確保できるまで、安全な場所で待機するように皆へ伝えて」

「はっ！」

オフィーリアは密猟者の報告を受けた女王として、ごく普通の判断をしておいた。

「大司馬卿、一緒に山小屋で待ちましょう」

「承知致しました。……密猟者のしつこさには呆《あき》れますな」

密猟者はどの領地にも現れる。狩り好きな者であればあるほど、密猟者の存在には舌打ちしたくなるだろう。

オフィーリアが山小屋の方へ馬を歩かせていくと、反対方向から赤いジャケットを着ている者が近づいてきた。

「あら？　あれは……」

オフィーリアが馬を止めれば、相手もこちらに気づいたようだ。

「グランドン伯爵閣下！　ご報告したいことが……！」

オフィーリアの従者が駆け出し、マーティン・グランドン伯爵に密猟者が近くに現れた話をする。

見回りが終わるまでは共に山小屋で待機を、というオフィーリアの指示に、マーティンは「それは大変ですね」と頷《うなず》いた。

「今日は風がなく天気もいい。密猟者にとっても絶好の狩り日和だったのでしょう」

マーティンもパーシーと同じく、密猟者を苦々しく思っているようだ。オフィーリアは、密猟者への文句を言い合うパーシーとマーティンを連れて山小屋に入る。すぐにオフィーリアの従者たちが暖炉に火をつけ、休憩のためのワインを用意してくれた。

それから、オフィーリアの近衛隊は「近くを確認してきます」と言い、山小屋から出ていく。

オフィーリアは暖炉の火の音を聞きながら、己の運の良さに感謝した。

（グランドン伯爵も舞台に引きずり込むことができたわ。彼はいつも強がっているけれど、実はちょっとのことにも怯《おび》えてしまう……。グランドン伯爵夫人の嘆きを聞いたときは夫人に同情したけれど、今は助かるわね）

温めたワインを片手に、オフィーリアがパーシーたちと今日の狩りについての話をしていると、小屋の外から「大変だ！」という声が聞こえてきた。

「襲撃です！　中から鍵を……うわぁ!!」

——切羽詰まった声。遠くから聞こえる剣戟《けんげき》の音。それに発砲音。

オフィーリアの傍にいた近衛隊長は緊急事態だと判断し、誰よりも早く扉に駆け寄り、鍵を閉める。

「女王陛下！　ハワード侯爵閣下、グランドン伯爵閣下！　窓から離れてください！」

「えっ……？」

オフィーリアは、この事態をまだよくわかっていないというふりをした。

従者は急いでオフィーリアたちを窓から離れたところに連れていく。

「な、なんだ、なにが……!?」

顔色を変えて慌てふためいているのはマーティンだ。

その間にも剣戟の音が近くなり、発砲音も大きくなっていった。

「おっ、お前たち、私を絶対に守るんだぞ……！」

「なんてことだ……！　ここは王の狩場なのに……!!」

従者に自分を守れと命じるマーティンと、呆然《ぼうぜん》としているパーシー。二人は女王を守るという臣下の役目をどこかに置いてきてしまったらしい。女王の忠実なる臣下の誓いは、妖精の羽よりも軽かったようだ。

（もう少し女王を庇《かば》うと思っていたわ。第二大蔵卿《おおくらきょう》の脚本の通りにはいかないみたい。ここからは即興劇ね）

情けないこの二人が主戦派だというのだから、呆れるしかない。

「ひっ、ひぃ！　早く、早く追い払ってくれ！」

マーティンがガタガタと震えながら座り込んだとき、窓が軋《きし》んだ。

皆が窓に意識を向けた瞬間、窓枠が力任せに何度も揺らされる。すぐに耳をつんざくほどの大きな音が鳴り、斧《おの》の切っ先が窓に食い込んだ。

「うわぁあああ!!　誰か、誰か〜〜!!」

マーティンが叫び、従者の腕を摑《つか》む。

パーシーは動揺しつつも、ちらちらと扉を見ていた。逃げた方がいいのか、ここで待機した方がいいのか、迷っているらしい。

「外の連中はなにをしているんだ！」

パーシーが焦った声を出したとき、がつんという嫌な音が何度も響く。窓枠に斧が振り下ろされているのだ。このままでは押し入られてしまう、と皆が最悪の展開を想像した。

一方、オフィーリアは頃合いだと判断し、自分の猟銃を摑んで前に出る。

「女王陛下!?　お下がりください!!」

オフィーリアは近衛隊長の叫びを無視し、猟銃の準備を始めた。

「近衛隊長《このえたいちょう》、貴方《あなた》も弾丸を込めておきなさい」

銃口から装薬と弾丸を詰めたあと、撃鉄を上げるところまであっという間にすませていくオフィーリアの手つきに、迷いは一切ない。

そして、オフィーリアの準備が終わるとほぼ同時に、窓が破壊された。

「……ッ!!」

オフィーリアは狙いを定め、ゆっくり引き金を絞る。

すると、強い反動と大きな音に耳が刺激されるのと同時に、数歩後ろに下がってしまった。それでもなんとか倒れ込むことだけは堪《こら》える。

「ここは〝王の狩場〟よ！　撃たれる覚悟のある者だけが入りなさい！」

オフィーリアによって放たれた弾丸は、侵入者に命中しなかった。

しかし、その勇ましい警告は、顔を覆った侵入者……おそらくは密猟者と盗賊を兼ねている男を怯《ひる》ませる。

「次！」

オフィーリアは銃を投げ捨て、手のひらを広げた。

近衛隊長が弾を込め終えた銃をオフィーリアの手に恭しく乗せれば、オフィーリアは再び猟銃の銃口を密猟者に向ける。

密猟者は、オフィーリアに襲いかかってその猟銃を奪うか、今すぐ逃げるかを迷った。

「女王陛下！　ご無事ですか……！　貴様！　なにをしている!!」

そのとき、異変に気づいた者が密猟者に向けて銃を発砲する。

密猟者は二方から狙われては堪《たま》らないと、慌てて逃げていった。

「今すぐあの男を追いなさい！　王の狩場を荒らした者を許すわけにはいかないわ！」

窓から顔を出したオフィーリアは、外にいる近衛兵にそう命じる。

近衛兵の勇ましい声が段々遠ざかっていき……、ようやく森は静けさを取り戻した。

オフィーリアは息を吐いたあと、破壊された窓を見て「酷《ひど》い……」と呟《つぶや》く。

「皆、怪我《けが》はないわね」

オフィーリアは振り返り、パーシーとマーティンに声をかける。

パーシーは呆然としつつも頷いたあと、はっとした。ようやく「お怪我は!?」という言葉を口にし、臣下の役目を果たそうとする。

マーティンはというと、震えながら頷くことだけで精一杯のようだ。

「安全が確保できたら、兎《うさぎ》狩りの続きをしましょう。負けっぱなしは性に合わないの」

まだ一匹しか獲《と》っていないのよね、とオフィーリアは頬に手を当て、可憐《かれん》に微笑《ほほえ》んだ。

（……とても晴れやかな気分よ！　愚《おろ》かな男たちを叩いたときと同じぐらいに！）

平手打ちや暴言以外にも、衝撃を与える方法はある。

オフィーリアの笑顔は、いつにも増してとても輝いていた。


近衛隊《このえたい》による王の狩場の見回りが終わり、安全が確保できた。

再開された兎狩りを生き生きと楽しんでいる女王の姿を、パーシーはじっと見つめる。

「大司馬卿《だいしばきょう》、休憩ですか？」

「ああ……。昼間の件で少し疲れてしまってな」

山小屋での出来事は、兎狩りの参加者全員に知らされた。密猟者は追い払ったけれど、罠《わな》が残っている可能性もあるから気をつけるように、と女王からの通達があったのだ。

「密猟者が山小屋を襲ったそうですね。お怪我がなくてよかったです」

「まさか王の狩場で襲ってくる者がいるとは……。それにしても、我らの女王陛下は思っていたよりも随分と勇ましかった」

パーシーはオフィーリアのことを『妖精の女王セレーネのようだ』と称賛することはあっても、王として評価したことは一度もない。

クレラーン国との戦争をすぐに再開せず、冬が終わってから再開すると言い出したオフィーリアを呑気《のんき》で情けない王だと思っていたのだけれど、どうやら評価を改めなければならないようだ。

（春の大攻勢……。反撃をすぐに決断できない弱気な女だと思っていたが、その見方は違っていたのかもしれない。銃を迷いなく手に取り、密猟者に銃口を向けて撃ててしまうあの度胸があるのなら、すぐの反撃も可能だっただろう。そうしなかったのは、歴代の王の中でも特に貪欲な王だからなのかもしれない）

パーシーは、満場一致での派兵決定は夢物語で、戦争に意欲のある者だけで反撃すべきだと思っていた。

しかし、女王は確実な勝利を求めているようだ。こちらとしては、やる気のない者に参加されたら困るけれど、食糧や医療の支援が充実すれば戦いやすくなるのは事実である。

――女王は勇ましい。だが、確実で大きな結果を好む人物でもある。

ふわふわとした妖精から、冷徹で貪欲な軍人という印象に変わりつつあった。

「これからのことが心配だったが、あの女王ならなにかあればすぐ反撃に転じるだろう。

女王の求めているものが確実な結果であるのなら、話は早い」

パーシーは「優柔不断だ！」と叫ぶよりも、「これだけの準備をしたのだから絶対に勝てる！」と叫べばいいのだと理解する。

この先のことを不安に思い、王弟を使って女王を退位させようかとも思ったが、あの女王と自分の相性はいいかもしれないと、手のひらを返した。

五

王の狩場に密猟者が現れた。

しかし、女王が猟銃を手に取り、追い払った。

社交界では、女王の勇ましさが評判になっている。

そして、それだけの話にならなかった。主戦派の中心人物である大司馬卿パーシー・ハワードがオフィーリアを褒《ほ》め称《たた》えたため、オフィーリアを「優柔不断で頼りない女王」と罵る一部の貴族の声がかなり小さくなったのだ。

「若き可憐なる女王陛下はこの国を守ろうとしている。同じく若き臣下がお支えしなくてどうするんだ！　私たちも立ち上がろう！」

ヒューバート・フィリップス伯爵子息は、人に好かれる甘さのある整った顔立ちを持つ青年で、話術も巧みだ。

彼は英雄になるための準備を早速始め、ジョンと共にあちこちで和平派の説得をしてくれた。

マーガレットも未来の夫のために、和平派の貴族の婦人たちに『女王陛下の決断がいかに素晴らしいか』を話してくれた。

——今ここで自分たちが戦っておかないと、自分たちの息子や娘が大変な思いをする。

子を持つ者は、そんなことを言われたら、『子供を守るために自分たちが苦労しておくべきだ』と考えるようになってしまう。

「どうやら順調ね」

ジョンが生き返ってから七日目。

オフィーリアは、貴族たちの雰囲気が変わったことに気づいた。

小細工に小細工、そしてまた小細工。

一つ一つの効果は小さくても、重ねていけば大きな波になる。

この冬を使って皆の意見を統一するという目標が、ようやく現実味を帯びてきた。

（ジョンにもこの空気を感じ取ってほしい。ジョンの最期の願いが『春の大攻勢の成功』である可能性は充分にある。……でも、それはどの時点で叶《かな》ったと判断されるのかしら。ジョンが成功しそうだと思った時点であればいいのだけれど……）

オフィーリアはできる限りのことをしている。

しかし、ジョンの願い事はわからないままだし、襲撃犯もまだ見つかっていない。

（あと三日しか……いいえ、今は考えないでおきましょう。考えたら、もう前を向けなくなるかもしれない……）

呪いの成就を諦め、ジョンの死を受け入れ、悔いなく過ごすという道もあった。

きっと今からでも遅くはない。女王であることを三日間だけ休み、姉としてジョンにできる限り寄り添って過ごし、優しい思い出づくりをすることもできるはずだ。

その方がいいのかもしれない。後悔せずにいられるかもしれない。

（でも……私は呪いに縋《すが》ってでも、ジョンに生きてほしい……）

迷いはある。けれども、迷っていてはどちらも選び取れない。

今は後悔で死にたくなっているかもしれない未来から目を逸《そ》らし、やれることをやっていくしかないのだ。

「女王陛下、メニルスター公爵殿下がいらっしゃいました」

執務の間にいたオフィーリアに、侍従が声をかけにきた。

通してと言えば、すぐにジョンが入ってくる。

「先程、ロレンスが大司馬卿と揉《も》めていました。一応、声をかけて二人を引き離したのですが、気にかけておいた方がいいかもしれません」

「……揉める？　特に仲がいいとは思わなかったけれど、どちらも主戦派でしょう？」

ロレンスの父がバトラー家の当主であった頃は、政敵関係にあるウッドヴィル家が主戦派の急先鋒《きゅうせんぽう》であったため、バトラー家は中立であることを選んでいた。しかし、ウッドヴィル家もバトラー家も、当主が女王殺害未遂に関わり、自ら死を選んでしまった。

バトラー侯爵を継ぐことになったロレンスは、今はウッドヴィル家を敵視している場合ではないと判断し、バトラー家に慈悲を与えてくれた女王へ感謝の意を示すため、主戦派入りを決断した。

ロレンスは、主戦派であるパーシーと同じ陣営なのだから、親しく……とまではいかなくても、会えば挨拶ぐらいはする仲になっていたはずである。

「大司馬卿は、早く己の罪を認めた方がいいとロレンスに促していました。……もしかして、僕を襲ったのはロレンスだったのですか？」

オフィーリアは立ち上がり、ジョンの手を両手でしっかり握った。

「私は違うと思っている。貴方《あなた》を襲ったのがバトラー卿だとしたら、バトラー卿は妖精の羽がどうしても必要になるの」

ロレンスに犯行は不可能だ、とオフィーリアは告げた。

ジョンはオフィーリアにはっきり「違う」と言われ、よかったと安堵する。

「……無理だとわかっているのなら、どうして大司馬卿はロレンスを疑っているんでしょうか。普通は同じ主戦派の貴族を庇《かば》いますよね？」

「私は大臣の階段で襲撃事件を再現したから『バトラー侯爵に犯行は無理だ』と言い切れる。でも、他の人は大司法卿《だいしほうきょう》の話を聞いただけだから、頑張れば可能だったと言いたくなるのでしょうね。大司法卿に詳細な情報を皆にも提供しろと命じておくわ」

無実の人を犯人扱いしてもらっては困る。真犯人は今、喜んでいるかもしれない。ロレンスをどうにかして犯人にしてしまいたいだろう。

「僕は……、ヒューバートが犯人かもしれないと思っていました。ですが、ヒューバートにも無理なんですよね？」

突然、ジョンが予想外のことを言い出す。

オフィーリアは驚き、息を呑《の》んだ。

「っ、なにか、襲われるような心当たりがあったの!?」

ヒューバートにはジョンを襲う動機がない。

それを前提にしてオフィーリアたちは犯人捜しをしていた。

しかし、ここにきて、オフィーリアに把握しきれていなかった個人間の揉め事が発覚する。

「ああ、そうではなくて……ヒューバートは僕ではなく、ロレンスを襲うつもりだったのでは……と思ったのです。ロレンスを襲う理由なら、ヒューバートにはありますから」

「でも、襲われたのは貴方よね？」

どういうこと？　とオフィーリアが首を傾《かし》げれば、ジョンは自分の視点から見えていたものについての話をしてくれた。

「あの夜、ロレンス、ヒューバート、マーガレットの三人は、婚約破棄と結婚についての話し合いをする予定でした。僕は舞踏会が始まってからロレンスに声をかけられ、仲裁役として急遽《きゅうきょ》参加することになりました。ヒューバートはおそらく、僕があの話し合いに参加することを、僕が襲われたときも知らなかったでしょう」

計画的にジョンを襲えるのは、ジョンを誘ったロレンスだけ。

しかし、そのロレンスはジョンを襲うことができない。

「僕とロレンスのコートの色は似ていました。髪も同じ金色です。事件現場近くにヒューバートがいたという話を聞いたとき、もしかしてロレンスと間違えて僕を襲ったのかもしれないと……」

オフィーリアは、舞踏会の夜にジョンとロレンスが着ていたものを思い出し、たしかに似ていたと頷《うなず》く。

前から見れば、ロレンスとジョンの着ているものの印象は全く違う。シャツの色が違ったし、ウエストコートの形も異なっていたからだ。

しかし、後ろからだったら、急いでいる人なら見間違うこともあるかもしれない。

「そうね。ヒューバートが結婚を認めてくれないバトラー侯爵に憎しみを募らせ、思わず襲ってしまったという話なら、納得できてしまうわ」

デイヴィットの言っていた『実は単純な話』の中に、間違えてジョンを襲ったというものもあるだろう。

「よくそんなことを考えついたわね」

ジョンの話を聞いたあとなら「たしかに」と納得できてしまうけれど、普通に考えたらやはりジョンを狙った事件だと誰だって思うはずだ。

オフィーリアが感心すると、ジョンは苦笑した。

「実は、ヒューバートが見舞いにきてくれたときに、どうしてこんなことを言うのかな……と思うことがあって、勝手に疑ってしまったんです。あれはきっと、動揺していて上手《うま》く言葉を選べなかっただけですね」

「ヒューバートはどんなことを言ってきたの？」

「僕をとても心配してくれました。『こんな間違いはあってはならない』と」

ジョンは見舞いにきてくれたヒューバートの様子を思い出す。

彼は泣きながら、懺悔《ざんげ》のように何度も「すまなかった」と言った。

――こんな間違いはあってはならない。君が生きていて本当によかった。私の責任だ、すまない。神に感謝しなくては……！

ジョンは、すぐに駆けつけてくれて、的確な指示を皆に出してくれたヒューバートに、とても感謝していた。だから不思議に思ってしまったのだ。

「ヒューバートは『私の責任だ』というようなことも言っていたんです。多分、近くにいながら危機を察知できなかったことや、守れなかったことを悔やんでいたのでしょう」

オフィーリアは、たしかに誤解を生みそうな言葉がいくつもあると納得した。

「親しい友人が……、それも王弟が自分のすぐ近くで襲われた。もしかしたらヒューバートは誰かに責められていたのかもしれないわね。それで責任を感じ、密《ひそ》かに思い詰めていた……」

「僕もそう思います。……心無い人はどうしてもいますから」

ジョンは深刻そうな顔をしながらこの部屋を訪ねてきた。けれども、犯人がヒューバートでもロレンスでもないとオフィーリアにはっきり言われたことで、すっきりしたという表情になる。

「それでは、僕はこれで失礼します。午後は玉座の間で、明日の打ち合わせですよね」

予定を確認し終えたジョンは部屋から出ていこうとしたのだけれど、ふと足を止めた。

なぜか天井を見たあと、きょろきょろと周りを確認し始める。

「どうかしたの？」

「笑い声が聞こえた気がして……。廊下の声がここまで響いたのかもしれません」

ジョンは気のせいだったと気楽に言うけれど、オフィーリアはその言葉を軽く受け止めることができなかった。

「笑い声……」

最初にジョンは天井を見た。この部屋の天井には妖精王リアの絵が描かれている。オフィーリアが妖精王リアと初めて話をしたのはこの部屋で、そして再び笑い声が聞こえてきたときもこの部屋にいた。

「……どんな声？　女性？　男性？」

「う〜ん、曖昧でよくわからなくて……男のような、女のような……不思議な……」

オフィーリアは息を呑む。

呆然《ぼうぜん》としている間に、ジョンは部屋から出ていってしまった。

六

一階の右翼棟にある玉座の間は、壁や床に赤い絨毯《じゅうたん》が貼られている部屋だ。一際高くなっているところには、王と王妃のための玉座が置かれている。左右に等間隔で設置されている飾り柱の前には、歴代の王の大理石像が並べられていた。

天井の中央部には妖精王リアの金塗りの木造彫刻が飾られ、玉座の前で跪《ひざまず》く者を常にじっと見ている。

今日はいよいよ若き少女たちが社交界入りを果たす日だ。

デビュタントを控えた乙女は、午前中にこの玉座の間で女王に挨拶をし、女王に大人になったことを認めてもらうという大事な式典がある。

(……デビュタントは結婚相手を探す場にもなる。ジョンの新しい婚約者探しにもうって

つけの場所だわ）

この式典には、ジョンにも参加するように言っておいた。次の王としての勉強という意味もあるけれど、それよりもデビュタントの少女たちの顔をしっかり見てもらい、気にいった子を見つけてほしいという意味合いの方が大きい。

（だというのに……）

式典後のジョンは、デイヴィットと呑気《のんき》に金塗りの妖精王リアの木造彫刻を見て、楽しげになにかを話している。

「夢の中に出てきた金塗りの木造彫刻、どこかで見たと思ったら……」

「ああ、これは金メッキのブロンズ像ではなかったのか。確かにブロンズ像だと重すぎて、天井に固定しにくいね。万が一落ちたときに人がいたら、大怪我《おおけが》をするどころの話ではないだろうし」

オフィーリアとしては、ジョンに見てほしいのは妖精王リアの木造彫刻ではなく、デビュタントの少女の顔だ。女性好きのデイヴィットに、貴方《あなた》が話題に出すべきものはデビュタントの少女の前情報だということをしっかり言い聞かせておこう。

「デイヴィット」

オフィーリアが名を呼べば、デイヴィットはまたあとでとジョンに片目をつむってみせた。ジョンに愛嬌《あいきょう》を振りまいてどうするつもりなのか、とオフィーリアは呆《あき》れる。

「マーガレットの次はジョン？　本当に節操がないのね」

「なんの話？」

心当たりなんてありません、という顔をするデイヴィットに、オフィーリアは苛《いら》ついた。デイヴィットにとって、『誰かの婚約者や誰かの妻を口説く』のはよくあることなので、本当に心当たりがないのかもしれない。

「前にマーガレットから刺繍《ししゅう》入りのハンカチを贈ってもらったでしょう？」

ジョンが拾おうとしていた白いハンカチは、マーガレットがデイヴィットのために名前を刺繍したもの。

デイヴィットがうっかり落としたのか、マーガレットがうっかり持ってきてしまったのかはわからないけれど、どちらにしてもこの男が最低なことに変わりはない。

(落としたのがどちらであっても、自分のハンカチですとは言い出せないわよね)

マーガレットにとっては、『浮気相手がもう一人いました。しかも婚約者の姉の夫です』という最低な告白になってしまうし、デイヴィットも同じだ。

しかしデイヴィットは、本当に意味がわからないという表情になる。

「マーガレット？　ハンカチ？　私とマーガレットはなんの関係もないよ」

「平気で嘘《うそ》をつける男の言い訳を信じると思う？」

「本当だって。勿論《もちろん》、過去にマーガレットを口説いたことはある。彼女を落とせば、政敵であるマシュー・バトラーの弱みを握れるかもしれないからね。でも私が声をかけたときには、既にマーガレットはヒューバートに夢中で、見向きもされなかったよ」

デイヴィットは残念なことにね、と肩をすくめる。

オフィーリアは、なんとなくという曖昧な根拠だったけれど、デイヴィットが嘘をついているように思えなかった。

（マーガレットが誰かに頼まれて『愛《いと》しのデイヴィット』という刺繍をしてあげた……？でもそれなら、マーガレットは心当たりがあると調査のときに言うはず。……ううん、よく似ているだけで、全くの別人による刺繍かもしれないし……）

とりあえず、刺繍のことは一旦置いておこう。考えても答えは出ない。

「わかったわ。一応信じてあげる」

オフィーリアが頷けば、デイヴィットはわざとらしいほど喜んでみせた。

「ありがとう、オフィーリア！　……私は過去に過ちを犯してしまったけれど、今は心から反省している。私には君だけだ。君はこの国で一番素敵な女性で、そんな君の夫であることが誇らしい」

オフィーリアは、思ってもいないことをよくもまあここまで流れるように喋《しゃべ》ることができるわね、と呆れた。デイヴィットの熱演をこれ以上鑑賞したくなくて、話題を無理やり変える。

「ジョンのことだけれど、デビュタントの令嬢たちについての情報を貴方《あなた》からもしっかり与えておいてちょうだい」

「あの子は既に危ない恋をしているって？」

「……そうね。そういう情報も大事だわ」

危険な女性へ惚《ほ》れ込《こ》む前に、あの人は危険だと教えてあげてほしい。

オフィーリアが教えてもいいのだけれど、姉が過保護にしすぎるのもよくないだろう。

「ああ、そうだ。ここにくる前、バトラー卿《きょう》が締め上げられていたよ」

デイヴィットの報告に、オフィーリアはまたかとため息をつく。

しかし、デイヴィットは面白がっていた。

「バトラー卿がメニルスター公爵襲撃事件の犯人として逮捕されたら、バトラー侯爵家は直系の跡取りがいなくてお家騒動になる。バトラー侯爵家の力を削《そ》ぎたい者にとっては、無実でも犯人になってほしいだろうね」

「女王に協力してくれる者の力が削られるなんて、冗談ではないわ」

デイヴィットは王家の人間ではない。

彼はこの国にとって一番良い道ではなく、自分にとって一番都合のいい道を選ぶ男だ。この男は、バトラー侯爵家の没落は自分の得になると判断しただろう。

「この一件も早くどうにかしないといけないわね」

皆を集めて、大臣の階段でもう一度事件の再現をしてみせてもいいかもしれない。最善の方法は犯人を見つけて逮捕することだけれど、今は犯人に繋《つな》がる手がかりがなにもないのだ。

「もう一度再現でもする？」

デイヴィットは、オフィーリアの思考を読み取ったかのような発言をする。

オフィーリアはそのつもりでいたけれど、デイヴィットの提案に頷《うなず》いたという形にしたくなくて黙り込んでしまった。

「実は少し前から事件の再現をもう一度してみたかったんだ。気になるところもあって」

「……なにか掴《つか》めたの？」

「いや、なにも。ただ気になっているだけさ。なんでヒューバートは大臣の階段を使わなかったんだろうってね」

マーガレットとロレンス、ジョンは、舞踏会の間を出てそのまま水晶の広間を通り、舞踏会の間から最も近くにある階段――……大臣の階段を上がっていった。

しかし、ヒューバートだけは舞踏会の間を出たあと、別方向に歩いていき、遠回りになる大階段を使って二階に上り、空中庭園前を通っていたのだ。

「気にしていなかったわ。たしかに妙な動きよ」

「もしかして、この事件に関わった者がもう一人いるんじゃないかと思ったんだ。ヒューバートは、誰かと会うために別の階段を使ったのかもしれない」

「……貴方、気になっているのは事件の真相ではないみたいね」

こうなったら、デイヴィットの言う通りに事件の再現をもう一度してみるべきだろう。そしてその再現は、ヒューバートやマーガレットが舞踏会の間を出たところから始めないといけないようだ。


オフィーリアが玉座の間から出ていったあと、デイヴィットは天井を見上げる。

天井には、こちらをじっと見つめている妖精王リアの金塗りの木造彫刻が飾られていた。

「私が一番気になっているのはオフィーリアだよ」

デイヴィットは、ありえない〝もしも〟を考える。

──自分が王家の人間として生まれて、オフィーリアを王妃にしていたとしたら。

皆に認められた国王である自分。この国で最も素敵な女性である王妃オフィーリア。

理想の光景なのに、そこまで心惹《こころひ》かれないのはなぜだろうか。

（……ああ、そうか。オフィーリアが輝いていないんだ）

命という冷たい炎を燃やして勇ましく生きる女王オフィーリアの輝きは、王妃のオフィーリアにはない。

そして、王妃のオフィーリアは綺麗《きれい》なだけの従順な女性だ。面白くもなんともない。

「王冠か、オフィーリアか……」

自分が死に際に願うのは、果たしてどちらなのだろうか。

七

女王が主催するデビュタントの乙女のための舞踏会には、色々な決まりがある。

一つ目、デビュタントの令嬢は純白のドレスを着る。

二つ目、今夜だけはデビュタントの令嬢のために、皆は純白の色を譲る。

三つ目、デビュタントの令嬢たちに許される純白以外の色は、髪飾り部分のみ。デビュタントの令嬢たちは、髪飾り部分で他の人との違いを見せなければならないので、誰もが苦心していた。

（今年のデビュタントで最も輝くのは誰かしら）

若き男性が初々しいレディを目当てに、いつもより多く集まっている。

若き女性に若き男性。問題があれこれ発生するのは毎年のことなのでもう諦めているけれど、仲のいい貴婦人たちに目を光らせてほしいと頼んでおいたので、小さな問題で終わってくれるはずだと今は信じたい。

（ジョンは問題なさそうね）

デビュタントの令嬢の中には、家柄が良くてもまだ婚約者を持たない者もいる。それは、姉の婚約が決まらなくて妹の番が回ってこなかったりだとか、戦場で婚約者を亡くしていたりだとか、様々な理由があった。

ジョンに相応《ふさわ》しい令嬢は既に何人か選んである。彼女たちと踊ってほしいことはジョンにも伝えておいた。あとはジョンが気にいるかどうかだ。

「――今宵《こよい》は新しい淑女を迎え入れる夜よ。ようこそ、妖精王リアの夜の庭へ。存分にその純白の羽を伸ばして飛び回ってちょうだい」

女王の挨拶のあと、今夜デビュタントする乙女の中で最も身分の高い令嬢とジョンが、妖精王リアのための円舞曲《ワルツ》を踊る。

皆に注目されて緊張している侯爵令嬢のために、ジョンは優しく話しかけて緊張を解してあげたようだ。そのおかげで、侯爵令嬢は笑顔のまま踊ることができていた。

次は、デビュタントの少女たちが全員出てきて踊る。

踊る予定だった相手が運悪くなんらかの事情で欠席する場合も考え、代役の男性も用意しておいたけれど、その必要はなさそうだった。

(今のところは順調ね)

デビュタントの少女たちは皆、顔がこわばっている。

パートナーの足を踏んだり、ぶつかりそうになったり、ドレスの裾を踏んでしまったり……見ているとはらはらする場面に必ず遭遇してしまう。

それでも彼女たちは一曲を踊り切り、そして次の相手を探し始めた。

「素晴らしかったわ」

冷や冷やさせられたダンスだったけれど、オフィーリアは女王として満足そうに頷いておく。

(そろそろ私も動き始めましょう)

オフィーリアは、金糸の刺繡《ししゅう》が施されたエナメル・ブルーのドレスの裾をさばき、貴婦人たちへ話しかけに行った。

デビュタントの娘を持つ貴族たちに、なにか困ったことはないかを尋ね、昼間の挨拶が立派だったと褒めておく。

合間合間に壁際を眺め、一人になっている令嬢がいないかの確認もした。

（みんな楽しそうにしている。……よかった。まるで妖精の花畑のようね）

音楽に合わせて純白のドレスの裾がふわりと膨らみ、乙女たちの髪飾りが揺れて色とりどりの花を咲かせる。

しかし、オフィーリアは夢見心地になれなかった。ジョンのことが気になっているため、この光景に不安を感じてしまう。

それでも晴れやかな笑顔を保ち、皆に声をかけて回る。

「お疲れさま、オフィーリア」

舞踏会の中盤に差し掛かった頃、デイヴィットがオフィーリアのところへやってきて冷たいシャンパンを渡してくれた。

どうやらデイヴィットは自分のための裏工作を終わらせたらしい。

「そろそろ例の再現をやってみよう」

「ええ。あとで役割を入れ替えてちょうだい」

まず、デイヴィットがヒューバート役、オフィーリアがマーガレット役だ。

オフィーリアは近衛兵《このえへい》に合図を送り、それから舞踏会の間をそっと出た。マーガレットの動き通りに水晶の広間を進み、大臣の階段を上がっていく。勿論《もちろん》、あんな事件があったあとなので、己の前後にはきちんと近衛兵をつけてある。

「止まってちょうだい」

オフィーリアは、一階と二階の間にある踊り場で足を止めた。踊り場にある台座の上には、凶器となったブロンズ像が置かれている。

(ブロンズ像は振り下ろされたのではなく、ジョンがブロンズ像の上に落ちた……。今のところ、デイヴィットのこじつけに一番納得できてしまうのよね。けれども、そのためにはジョンが酔っているか、なにかで足を滑らせないといけなくて……)

あまりにも馬鹿馬鹿しい想像だけれど、誰かがブロンズ像を二階からこっそり転がし、ジョンがそれに気づかずに足を掬《すく》われ、階段下へ転がっていったブロンズ像に頭をぶつけてしまったというのはどうだろうか。

(きっとデイヴィットが言っていたように、真相は単純な話よ)

この馬鹿馬鹿しい推理もあとで実際にやってみたくなったので、オフィーリアはブロンズ像を両手で持った。ブロンズ像はずしりと重たく、抱えるだけでよろけてしまう。

「女王陛下！」

ふらついたオフィーリアを、近衛隊長が心配してくれる。

オフィーリアはブロンズ像を慎重に抱え直しながら、大丈夫と返事をした。

「ブロンズ像を抱えたまま階段を上ってみたいの」

「それならば私にお任せください」

「女性でもできるかどうかを試したいのよ。ふらついたら支えてね」

後ろにいる近衛兵に気をつけてほしいと頼み、両手でブロンズ像を抱えながら階段を上ってみる。

（これは危ないわ……）

ゆっくり一段一段上ることはできた。しかし、駆け上がったら転んでしまいそうだ。

オフィーリアは、足下を見ながら慎重に階段へ足をかけ、手の痺《しび》れと闘いながらなんとか二階部分に辿《たど》り着《つ》いた。

「抱えたまま階段を上ることはできそうね」

近衛兵に持っていてほしいと頼もうとしたとき、下の階からガタンという音が聞こえてくる。これは、なにかが強くぶつかったような鈍い音だ。

「今の音はなんだ？」

近衛隊長が一階部分で見張りをしている兵士に向かって声を張り上げた。

二階にいたオフィーリアは階段を二つほど下り、下の様子を窺《うかが》おうと前屈《まえかが》みになって
……、ブロンズ像の重みに耐えかねてふらつく。

「あっ……！」

とっさに近衛隊長がオフィーリアの肩を支え、そしてブロンズ像に手を添えてくれた。

オフィーリアはブロンズ像から片手を離し、その手で階段の手すりを慌てて掴《つか》む。

今のは危なかった。近衛隊長の助けがなければ、ブロンズ像と共に階段へ倒れ込んだか、ブロンズ像を足に落としてしまったかもしれない。

それとも、変な方向に身体《からだ》が傾いていたので、もしかすると手すりを越えてブロンズ像と共に一階へ落ちていたかもしれない。

オフィーリアは手すりから手を離し、どきどきしている胸を押さえ、近衛隊長に礼を言った。

「助かったわ……ありがとう」

「これは私が一旦戻しておきます」

「ええ、そうしてちょうだい」

近衛隊長がブロンズ像を置きに行き、ついでに一階へ下りていく。

オフィーリアがその場で待っていると、近衛隊長はすぐに戻ってきた。

「酔った者が外の風を感じたくて窓を開けたところ、風が強くて勢いよく開いてしまったそうです。窓ガラスは割れていなかったのでご安心ください」

「そう。ならよかったわ」

誰が酔ったのかしら、とオフィーリアはつい手すりから少し身を乗り出し、下を見て……、はっとした。

（……なにかが引っかかる）

たった今見たものは、これまで意識できていなかった光景だ。

オフィーリアは急いで階段を上る。

近衛兵は女王が駆け出したことに驚きながらも、すぐオフィーリアに追いつき、慌てて前方の確認をした。

「ここからなら……！」

オフィーリアが立ち止まったのは、大臣の階段を上がり切ったところ。

この先を左に曲がると、見張りの兵士がいて、屋上庭園に出る扉がある。

しかし、オフィーリアはそれ以上進まず、再び手すりから身を乗り出し、踊り場と二階を繋《つな》いでいる階段部分を見下ろした。

ごく普通のなんてことのない光景だ。しかし、今は大きな意味をもっている。

（そういう……、ことだったのね）

オフィーリアは息を吐いた。そして……目を閉じる。

気持ちを整理するための時間が必要だ。思い浮かんだ可能性に納得しつつも、色々なことが重なり、混乱していた。

――犯人は、ジョンを殴りたかったわけではない。

それだけは言える。あとのことはゆっくり考えよう。

深呼吸をし、足下に気をつけながら階段を下りていくと、デイヴィットが待っていた。

「オフィーリア、マーガレットになった気分はどう？」

デイヴィットの問いかけに、オフィーリアはどう答えたらいいのかを迷う。

「……マーガレットはこれから元婚約者を巻き込み、浮気相手との結婚を許してもらう話し合いをするのよ。私は今、最低最悪の気分だわ」

「違いない」

面白がっているデイヴィットは、ヒューバートになった気分を教えてくれる。

「ヒューバートが誰かと会うつもりでいたのは間違いないだろう。舞踏会の間からここにくるまでの廊下は異様に静かだった。私は見張りに『どうしてここにいるのか』とじろじろ見られて、居心地が悪かったよ」

「じろじろ見られて、居心地が悪い……」

デイヴィットの感想が、オフィーリアの推理の中にするりと入り込んでくる。

ヒューバートの謎な行動の意味も、デイヴィットのおかげで見えてきた。

(これは、とても単純な話だった)

小さな疑問の欠片《かけら》が、どんどん組み合わさっていき、一つの大きな答えを作っていく。

オフィーリアは、今すぐ寝室の間に戻り、ドレスのままベッドに飛び込みたくなった。

『真相』はやはり、どうして気づかなかったのかと思うぐらいの単純なものであった。

(どう決着をつけるべきかしら……。まずはジョンの気持ちを聞いてみましょう)

その前に、今夜の舞踏会を成功させないといけない。

犯人はこのまま放置しておこう。自ら死ぬようなことはない。今日の舞踏会にきていて、呑気《のんき》に微笑《ほほえ》んでいるから大丈夫だ。

「デイヴィット、舞踏会に戻るわよ」

「この続きは再現しなくてもいいのかい？」

「もういいわ。……私がしなければならない再現は、この部分だったみたい」

舞踏会の間に戻れば、シャンデリアの灯《あか》りが煌《きら》めき、華やかな音楽が鳴り響き、程よく高揚した雰囲気に包まれる。

オフィーリアは心浮き立つ場所にいるというのに、心は冷え切ってしまっていた。

四章

一

ヒューバートは社交界へ積極的に顔を出し、若者の説得を頑張っている。

オフィーリアはその姿をよく見かけていたし、ジョンからも聞かされていた。

彼の努力のおかげで、和平派の若者は『これで最後の戦争にしよう』という呼びかけに同調しつつある。

そして、オフィーリアによる和平派の説得も少しずつ成果が表れ始め、次に生まれてくる子に負債を押し付けてはならないという意見に心を動かしてくれる者も出てきた。

デビュタントの舞踏会の裏側で行われていた春の大攻勢のための小細工は、大きな波になりつつある。

舞踏会自体も特に問題なく終えることができたので、成果は上々だと言えるだろう。

——しかし、舞踏会が終わったあとのオフィーリアは気落ちしていた。

「姉上、お話があると伝えられたのですが……」

舞踏会が終わったあと、オフィーリアはジョンとデイヴィットへ執務の間にきてもらう。

真実を明かす覚悟を決め、強く拳を握った。

「ええ、これは大事な話よ。場所を変えるわ。……デイヴィット、貴方《あなた》もついてきて」

「いいのかい？　大事な話なんだろう？」

「貴方にも話さないといけないことなの。二度手間にしたくないのよ」

オフィーリアは、二人を連れて事件のあった大臣の階段に向かう。まずは自分の近衛兵《このえへい》にこの辺りの人払いをしてもらった。

「ジョン、貴方を襲った犯人がわかったわ」

「……本当ですか⁉」

驚くジョンの後ろで、デイヴィットがヒュウと口笛を鳴らす。賭けをしたという話を本人の前で言わないというごく当たり前の配慮は、流石《さすが》にできるようだ。

「でも、犯人である証拠はなに一つない。私がわかっているのは『犯行が可能である』ということだけ」

オフィーリアは、持ってきた白いハンカチを二階へ上がったところに置いた。準備はこれで終わりだ。

「あのときの犯人の動きを再現するわ。危ないから、絶対に私から離れないで」

ジョンとデイヴィットが頷《うなず》く。

二階にいたオフィーリアは少し歩いたあと、窓を拳でこつんと叩《たた》いた。

「犯人はここにきたときに窓を開けた。それから花瓶も倒した。勿論《もちろん》、とても静かにね」

オフィーリアが実際に窓を開け、花瓶を倒すふりをした。

「窓が開いていたのは、ここから逃げたふりをしたくての工作だと、そういう解釈でいくのか。血は……鶏の血なら誰にでも簡単に用意できるだろうし、少量ならこっそり持ち込むことも可能だろう」

デイヴィットの言葉に、オフィーリアは「そうよ」と答える。

「次はブロンズ像。二階にいた犯人は踊り場まで下りて、ブロンズ像を手に取った」

オフィーリアは階段を下りていき、一階と二階の間にある踊り場で立ち止まった。台座の上に飾られていたブロンズ像を持ち、ふらつかないように気をつけながらゆっくり階段を上っていく。

「姉上、大丈夫ですか？　持ちましょうか？」

「大丈夫よ。女性でも可能だったということを示したいの」

大変ではあるけれど、不可能ではない。

オフィーリアはブロンズ像を抱えたまま二階に到着し、そしてそのまま屋上庭園に繋《つな》がる階段を上がった。

デイヴィットはこの時点で目を見開く。

「そうか……！　犯人は殴っていないんだ……！」

どうやらこの男も真相に辿《たど》り着《つ》いたらしい。

オフィーリアは、その通りだと言ってやりたかったけれど、既に息が上がっていて無理だった。慎重に階段を上り切ったあと、まずは呼吸を整える。

「二人ともこちらに」

オフィーリアは最後の力を振り絞り、階段の手すりにブロンズ像を置いた。

ジョンもいよいよあの夜の真相に気づいたのだろう。まさかという吐息のような呟《つぶや》きを零《こぼ》したあと、息を殺してオフィーリアの動きを見守る。

「……犯人は、ここからブロンズ像を落としたのよ」

オフィーリアはそっとブロンズ像を押す。

ブロンズ像は手すりから離れ……ごとんという大きな音を立てて一階と二階を繋ぐ階段

に落ちた。ちょうど、白いハンカチの少し手前部分だ。そして、その勢いのまま下にごろごろと転がり、階段の途中で止まる。

「なるほどね。ハンカチは、ジョンをブロンズ像の落下地点まで誘導し、その場に留《とど》めておくためのものだったのか」

あれは偶然落ちていたハンカチではない。犯人がわざと落としたものだったのだ。

「ブロンズ像はジョンの後頭部に命中し、軌道を変えてジョンから少し離れた場所に落ち、より大きな音を立てたの」

オフィーリアの説明に、デイヴィットは納得したという表情になっている。

しかし、ジョンは反対に真っ青な顔をしていた。

「あとは皆の証言の通りに進んでいったわ。ブロンズ像が落ちた音を聞いたヒューバートが駆けつけ、倒れたジョンを発見した。バトラー卿《きょう》がやってきたあと、ヒューバートが開いている窓に気づいて、そこから犯人が逃げたと言った」

オフィーリアがゆっくり階段を下りていけば、大きな音を聞きつけた近衛兵が確認にきている。オフィーリアは予定通りだから大丈夫よと言い、持ち場へ戻るよう促した。

デイヴィットは落ちたブロンズ像を見ながら、うんうんと頷く。

「後ろから殴った者がいるかどうかばかりを考えていたから、犯行が可能だった者がいないという不可解な事件として捉えてしまっていたんだね」

真相はとても単純な話だった。いずれ、誰かは気づいただろう。

「そんな、いや、でも……見張りの兵士がいたはず……！」

ジョンは浮かび上がってきた犯人像を信じたくなくて、必死に首を横へ振る。

「マーガレットが僕を殺そうとするなんてありえない……！」

オフィーリアはジョンに同情した。無理もない。ジョンはマーガレットのことを、虫も殺せないようなか弱い女性だと思っていただろう。そして、オフィーリアも似たようなことを思っていた。

「屋上庭園に出る扉の前には、見張りの兵士がいる。彼らの目を盗むのは簡単よ。屋上庭園に出る扉は、階段を上がり切って左へ曲がった先にある。マーガレットは階段を上り切る前にブロンズ像を階段上へ寝かせて置き、屋上庭園に一度出てから戻ってきて、見張りの兵士に自分がなにも持っていないことを意識させた」

マーガレットは、待ち人がいなかったという演技をしながら、再びブロンズ像のところに行き、ブロンズ像をもう一度抱えた。

「マーガレットは見張りの兵士の視線に気をつけながら、ブロンズ像を自分の身体で隠しつつ、階段の手すりに乗せた」

オフィーリアは、証拠品のハンカチを取り出し、広げる。

「このハンカチの刺繍《ししゅう》は、マーガレットがしたものよ。癖が一緒なの」

「よく気づいたね。その視点はなかったな」

デイヴィットが白いハンカチを見て、へぇと呟く。

「単なるハンカチにしなかったのは、少しでも捜査の手を自分から遠ざけたかったからでしょうね。デイヴィットの浮気癖は有名で、こんなハンカチがあちこちに落ちていても、みんなが納得してくれるでしょうから」

選ばれてよかったわね、とオフィーリアは冷たく言い放つ。

「私に罪を被《かぶ》せようとしたとは思わないのかい？」

「そうしたいのなら、貴方をこの階段近くに呼び出す必要があるわ。そこまでのことは考えなかったみたい」

ブロンズ像を落とすという方法で犯行が可能だった者は、大臣の階段を上り切ったことがはっきりしているマーガレットだけだ。

しかしあくまでもこれは、犯行が可能だったというだけの話である。証拠はない。このハンカチだって、ただの偶然という可能性がまだあるのだ。

「なるほど。でも所々気になるところがある」

デイヴィットが上を見て、うーんと唸《うな》った。

「どこが気になるの？」

「止《とど》めを刺していないところかな。大きな岩ならともかく、マーガレットがぎりぎり持ち運べるブロンズ像だけでは、当たりどころがよければ打撲で終わるよ。だからハンカチで誘導したというのはわかるけれどね」

マーガレットはきっと、何度かこの階段で小さな物を落とし、落ちる位置を確認して、その上でハンカチの置き場所を決めたはずだ。

しかし、どれだけ事前に丁寧な確認をしても、ジョンの位置が予定よりほんの少しずれるだけで『殺害』できなくなる可能性が高くなる。

オフィーリアもそのことは気になっていた。だからこそ……。

「……私は、殺害するつもりはなかったと思っているのよ」

「殴りたかっただけ……ああ、殴ってはいないから、怪我《けが》をさせたかっただけだと？」

「そう。そして、そもそもジョンに怪我をさせるつもりなんてなかった。あれはロレンス・バトラーに怪我をさせるための計画のような気がしているの」

ジョンが言っていた『ロレンスを襲うつもりだったのでは』は、真相の欠片《かけら》だったのだろう。

オフィーリアの推理に、俯《うつむ》いていたジョンが勢いよく顔を上げる。

「怪我をさせたいのなら、背後から金槌《かなづち》で襲うだけでもいいはずです……！」

「憎しみが募って襲撃したのではなく、あれは……、おそらく自作自演だったのよ。ヒューバートの好感度を上げるためのね」

オフィーリアは、大司馬卿《だいしばきょう》パーシー・ハワードを黙らせるために、ちょっとした芝居をしたことがある。あれと同じことをマーガレットたちもしようとしたのだ。

「バトラー卿が背後から殴られた。音を聞いて駆けつけたヒューバートが勇ましく襲撃者に摑《つか》みかかった。怪我をした襲撃者は窓から逃げていき、ヒューバートはバトラー卿を救うことができた……。なるほど、単純だけれど効果がありそうな芝居だ」

デイヴィットは、すぐにそれらしい脚本を作り上げた。そして、「そうか！」と声を上げる。

「だからヒューバートは大臣の階段を使わず、わざと見張りの兵士の前でカフリンクスを落とし、時間の調整をしていたのか。大臣の階段を使ってバトラー卿の後ろにいたら、自分が犯人だと疑われてしまう。彼はどうしても見張りの兵士と共にいなければならなかった」

「おそらく、それが真相よ」

ヒューバートは、大臣の階段へ真っ先に駆けつけられるところで、誰かと一緒にいて疑われないようにしておかなければならなかった。だから空中庭園の扉の前を通る必要があったのだ。

「マーガレットたちは、バトラー卿の背中や肩の打撲か骨折で終わらせるつもりだったでしょうから、ジョンの頭に当たって血が飛び散ったのは想定外だったはず。ブロンズ像は何食わぬ顔をして戻す予定だったけれど、血がついたせいでできなくなった。……庭に落ちていたスカーフは、ヒューバートがわざと置いていったもの。急いで逃げていったクレラーン国の間諜《かんちょう》が落としてしまった……。そんな風に見せかけたかったのよ」

わざとらしい刺繍は、マーガレットがしたものだ。彼女なら簡単にできるだろう。

「結局、浅はかな計画は予定通りにいかなかった。バトラー卿は話し合いの場にジョンを連れて行こうとした。それに加え、バトラー卿は友人に呼び止められてしまい、先にジョンが屋上庭園へ向かってしまった」

同じ金色の髪に、同じ紺色のコート。

階段を上り切ったところにいたマーガレットは、見張りの目を盗んでブロンズ像を上手《うま》く落とさなければならないことに、とても緊張していただろう。

だから……見間違えた。ロレンスではなく、ジョンにブロンズ像を落としてしまった。

「マーガレットとヒューバートにとって、最悪の展開が続いた」

ブロンズ像は、ジョンの後頭部に命中し、ジョンを殺してしまった。

駆けつけたヒューバートは、すぐに襲う相手を間違えてしまったことに気づいたはずだ。

混乱しつつも、襲撃犯が逃げていったような発言をすることだけはできた。

「身勝手な計画と不運。これがメニルスター公爵襲撃事件の真相だと思うわ」

オフィーリアが自分の推理を言い終えれば、デイヴィットは首を傾《かし》げる。

「思う？　これが真相で間違いないよ」

「酔っているジョンが足を滑らせ、背後に落ちていたブロンズ像に自ら頭をぶつけてしまった。この可能性もまだあるの。……それに、マーガレットがブロンズ像を落としたという証拠なんてどこにもないのよ。ハンカチだって、刺繍の癖が似ているだけ」

オフィーリアは、黙って話を聞いているジョンに視線をしっかり合わせた。

「それでも、女王の力があればマーガレットとヒューバートを罪に問える」

決定的な証拠はないけれど、マーガレットが犯人だという前提での再現を見せ、そしてマーガレットの刺繍と、ヒューバートの不可解な行動を指摘したら、誰もが二人の犯行だと信じるだろう。

彼ら二人には、ロレンスに対してなら襲いかかる動機があるのだ。

「殺されかけたのは貴方《あなた》よ。貴方が決めなさい」

ジョンは次の王である。

今回の一件は、重くて大きな決断の練習にちょうどいい。

「僕は……」

迷っているジョンに、デイヴィットが優しく声をかけた。

「望むのなら、私が証拠の捏造《ねつぞう》をして、マーガレットを処刑できるようにしよう。可愛《かわい》い義弟《おとうと》が襲われたんだ。それぐらいはしないと」

オフィーリアは、どこまで本気かわからないデイヴィットにため息をつきたくなる。いつかはジョンを殺すつもりでいるのに、よくもまあ平気でこんなことを言えるなと、いっそ感心しそうになった。

「……マーガレットには、僕を殺すつもりなんてなかった。それは真実だと思います」

「そうね……」

ジョンの言葉に、オフィーリアは同意する。

マーガレットはただ幸せになりたかっただけだ。どうにかしてロレンスに結婚の許可をもらおうとして、間違った形の努力をしてしまった。

ジョンは不運にもそれに巻き込まれ、大怪我をした──……。

「僕は、……大怪我から復帰できたのは、神に愛されている妖精王リアからの贈りものだと思っています。人の過ちを許せるような気高く優しい心を持たなければ、妖精王リアの加護は失われ、僕はまた危険な目に遭うでしょう。……怒りもあります。悲しみもあります。それでも僕は、マーガレットとヒューバートを許し、その幸せを祈りたい……」

ジョンは己の感情と神の教えに挟まれてしまった。しかし、迷いつつも決断した。

「今回のことは事故です。とても悲しい事故……。そういうことにしたい」

デイヴィットはやれやれという表情になっているけれど、オフィーリアはそれでいいと頷《うなず》く。

「貴方の気持ちはよくわかったわ。でも、バトラー卿を襲おうとしたことについては、二人に反省してもらわなければならないわね」

ジョンは真実を知りながらも、それを明らかにする道を選ばなかった。

オフィーリアにできることは、ジョンの決断を尊重し、女王として、姉として、最善のやり方でこの事件に決着をつけることだけだ。

デイヴィットは、オフィーリアたちと別れた後、一人で空中庭園に向かう。

見張りの兵士に軽く手を上げて挨拶をしてから空中庭園に入り、夜空を見上げた。

「真相は単純な話、か」

空中庭園へヒューバートがきたことに、なにか意味があると思っていた。

しかし、ヒューバートの目的は密会ではなく、見張りの兵士に自分の姿を見せることだったのだ。

「……困ったな」

オフィーリアは、真相の欠片を組み合わせ、見事に真相を見抜いた。

結局、とても単純だった真相は、デイヴィットにとって呆《あき》れてしまうくだらないものだったけれど、オフィーリアと張り合うことも、オフィーリアによって組み立てられていく真相も、どちらもとても面白かった。

「王になった私にも、こんなに楽しいことが起きるんだろうか」

オフィーリアの監視を潜《くぐ》り抜《ぬ》けて人と会ったり、オフィーリアの思惑を出し抜いたり。

生と死の境目でぞくぞくするようなことは、他の人相手では味わえないはずだ。

「人は変わる。オフィーリアも、ジョンも、私も……。ジョンはまた死ぬことに怯《おび》えているみたいだから、過剰に良い子になろうとしているところもあるけれど」

オフィーリアは愛人探しを始めている。そのうち、優しい男を選び、恋を楽しむだろう。いつまでもこのままでいたら、なにも得られなくなることはわかっていた。

二

――ジョンが生き返ってから九日目。

オフィーリアは、マーガレットを謁見の間に呼び出した。

ヒューバートと一緒だと、口の上手《うま》いヒューバートがマーガレットを庇《かば》ってしまうかもしれないので、先にマーガレットを落とすことにする。

「マーガレット、大事な話があるの」

謁見の間には、暗い顔をしているデイヴィットもいる。

マーガレットの胸はざわめいてしまった。呼び出される心当たりがありすぎるのだ。

「貴女《あなた》のお兄様であるロレンス・バトラー侯爵が逮捕されるかもしれない」

オフィーリアの言葉に、マーガレットは身体《からだ》を震わせる。

驚いたというだけではなく、きっとそれには罪悪感も含まれているだろう。

「あ、あの……以前、女王陛下は、兄は逮捕されることはないと……！」

「状況が変わったのよ。一階の階段前で見張りをしていた兵士たちが、もしかしたら見間違えていたかもしれないと言い出して、バトラー卿《きょう》に犯行が可能だったという発言をしたの」

一階の見張りの兵士たちの証言によって、ロレンスはジョンに追いつけないということが判明した。しかし、ロレンスを無実にしてくれたその発言が撤回されてしまえば、ロレンスが犯人だという流れになるのは当然である。

「そんな……！　兄ではありません！　その見張りの兵士はどこにいるのですか!?　なぜそんな嘘《うそ》をついたのですか!?」

「落ち着いて、マーガレット」

オフィーリアは、今すぐ部屋を飛び出していきそうなマーガレットの肩をそっと摑む。

事情を知らない者がいたら、マーガレットは兄を心配する心優しい妹にしか見えないだろう。

「いいかい、マーガレット。女王殺害未遂事件に関わったマシュー・バトラーが、その罪を自らの命で償ったばかりなんだよ。そして今度はロレンス・バトラーが王弟襲撃事件を起こした……。これはもう誰にも庇えない。慈悲深い女王陛下であってもね」

デイヴィットがため息をつきながら額に手を当てる。芝居がかった仕草が妙に似合っていて、オフィーリアはつい目を細めてしまった。

「兄は……そんなことはしていません……！」

「バトラー卿を庇ってくれる者なんてどこにもいないんだ。大司馬卿《だいしばきょう》は早々にバトラー侯爵家を見限っていたし、皆もそれに倣うだろう」

「嘘よ……！」

動揺しているマーガレットは頭を抱える。

今、彼女は頭の中でどうすべきかを必死に考えているだろう。

マーガレットは、メニルスター公爵襲撃事件の犯人は自分だと、誰よりもわかっている。だからロレンスが犯人ではないと言い切れてしまうのだ。

（けれどもバトラー卿を下手に庇えば、自分の犯行だったということを知られてしまう）

この先、オフィーリアは慎重に言葉を選ばなければならない。

マーガレットが『自分は犯人ではない』と言い張ってしまえば、そこで話が終わってしまう。

「ねぇ、マーガレット。お兄様のことが心配？」

「当たり前です！　私の兄なんですよ！」

悲しい、とオフィーリアは思ってしまった。

マーガレットは本気で兄を心配している。しかし、マーガレットにとって最も優先されるべきものは、自分の幸せな結婚なのだ。

「だったら貴女は真実を明らかにすべきだと思うわ」

オフィーリアは、アクアマリンの瞳にマーガレットの顔を映した。きらきらと輝く宝石のようなその瞳は、マーガレットになにもかも見透かされているような気持ちにさせる。

「……あの夜、宮殿内の庭を巡回していた兵士が、貴女を見ていたの」

オフィーリアは小さな嘘をつく。

マーガレットは自分の行動を振り返り、どうしてと首を傾げた。

「私は外に出ていなかったのですが……」

その通りだ。しかし、庭から宮殿内にいるマーガレットの姿を見ることはできる。

「巡回の兵士は、窓に映る貴女を見ていたのよ。ライラック色のドレスを着ている金髪の女性が、大臣の階段の踊り場のところで屈《かが》んでいた、と」

マーガレットは、ブロンズ像を持ち上げているところを見られてしまっていたことに気づいた。心優しい妹から、心当たりがあって動揺する犯人という表情になっている。

「な、にかの、見間違えです……！」

「……一階の階段前の見張りの兵士二人は、貴女が大臣の階段を上っていたと証言している。庭を巡回していた兵士は、貴女が踊り場で屈んでなにかを抱えたと証言している。……貴女はなにかを抱えながら、屋上庭園に向かっていたはずよ」

マーガレットの手がぶるぶると震えている。

オフィーリアがついた小さな嘘を、真実だと思い込んでしまったのだ。

「貴女が抱えていた物は、踊り場に置いてあったブロンズ像。貴女はジョンを狙って大臣の階段を上り切ったところからブロンズ像を落とし、ジョンを殺そうとした。そうでしょう？」

オフィーリアは罠《わな》を仕掛けた。それはとても小さな罠だ。

しかし、動揺しているマーガレットは引っかかってしまった。

「違います！　ジョンではなく、兄を狙って……！」

放たれた言葉は撤回できない。それでもマーガレットは慌てて自分の口を手で押さえる。

その仕草によって「真実を言ってしまった」と白状していることに気づいていなかった。

「……貴女は、バトラー卿を殺そうとしたの？」

そして、オフィーリアは二つ目の罠を仕掛ける。

頭が真っ白になってしまったマーガレットは、これにも引っかかった。

「殺すつもりはありませんでした！　ちょっと怪我《けが》をしたらいいと思って……！」

その『ちょっと』でジョンは殺されたのだ。

マーガレットを哀れに思う気持ちと、マーガレットの自分可愛さによってジョンは殺されてしまったという苛立《いらだ》ちが混ざり合う。オフィーリアは必死に自分を宥《なだ》めた。

（ジョンはマーガレットを許した。あとのことは妖精王リアに任せましょう）

オフィーリアは少し間を置き、それから静かに口を開く。

「あれは、貴女がバトラー卿に怪我をさせようとして起こした事件なのね」

「……はい」

ついにマーガレットは手で顔を覆い、わっと泣き出した。

いつものオフィーリアならハンカチを差し出して、これで涙を拭いてと優しく声をかけるのだけれど、今はそんな気分になれない。

「私は……、本当にジョンを傷つけるつもりなんてなかったんです！　嘘じゃありません！　あっと思ったときには、もう手から離れていて……！」

聞くに堪えない言い訳だ。兵士を呼び、大司法卿《だいしほうきょう》のところへ連れて行って、と言いたくなってしまう。

「ヒューバートは、貴女のしたことを知っているの？」

「はい……。これはヒューバートの計画だったんです……」

オフィーリアはマーガレットに細かい質問をし、おそらくこうだろうと推測していた部分が本当だったかどうかを確認していく。

落ちていたハンカチはやはりマーガレットが用意したもので、自分たちを捜査から遠ざけるために違う人の名前を刺繍《ししゅう》していたようだ。そして、その名前をデイヴィットにしたのは、デイヴィットならこのようなハンカチをいくらでも持っていて、そしてこれから贈ろうとしている女性も多く、これだけでは犯人だと思われないだろうと思ったからだった。

「……選ばれて光栄だと言うべきかな」

デイヴィットはそんな理由だったのかと呆れる。オフィーリアからすると、日頃の行いが悪かったせいでの自業自得としか思えなかった。

「窓を開けて花瓶を倒したのは？」

「私がやりました。鶏の血をヒューバートが用意してくれて、それを少し垂らしました……。怪我をした犯人が窓から逃げていったように見せかけたくて……」

真相に気づいてしまえば、あちこちに散らばっていた小さな謎は、そもそも謎ですらなかったことが判明してしまう。

（マーガレットだけ『同じぐらいの大きさの音を三回聞いた』のは、ブロンズ像がジョンにぶつかるところも、ブロンズ像の軌道が変わって階段に落ちるところも、ジョンが倒れるところも、全てを見ていたからなのかもしれない）

あの夜の真相は、やはりため息が出てくるようなものであった。

それでもオフィーリアは、最善の方法で決着をつけなくてはならない。

「ジョンは貴女のしたことを知っているわ。それでも貴女を許した」

マーガレットは目を見開いた。驚いたということは、ジョンに酷《ひど》いことをしていたという自覚があったのだろう。

「この事件は、ジョンの意向を尊重し、犯人は貴女でもバトラー侯爵でもない第三者だったという形にする。……貴女とヒューバートは真実を隠したまま生きなければならない。その覚悟はある？」

処刑されても仕方のないことをした。けれども、被害者が許してくれ、兄でも自分でもない人が犯人になってくれる。

マーガレットは両手を握りしめ、涙を零《こぼ》した。

「神様、妖精王リア……本当に、ありがとうございます……！」

オフィーリアは、勝手に悲劇のヒロインになっているマーガレットにうんざりする。

しかし、ジョンはマーガレットの幸せを祈っていた。ジョンのために、この怒りはなんとかして堪《こら》えよう。


オフィーリアはマーガレットに今後の予定を伝え、晴れやかな顔をしているマーガレットを見送ったあと、ソファに深く座り込んだ。

決して優雅な姿勢ではないけれど、見ているのはデイヴィットだけなので、見栄《みえ》を張る気にならない。

「お疲れのようだね。お茶でも飲んで休憩しよう。君たち、入ってきてくれ」

デイヴィットが呼び鈴を鳴らせば、すぐに女官が入ってきてお茶の支度をしてくれる。

そしてなぜか二人分あった。

「これは……」

「マーガレットと話したあとの君はとても疲れているだろうと思ってね。女官に『マーガレットが帰っていったらすぐお茶を出せるようにしてくれ』と頼んでおいたんだ。ああ、君が好きな胡桃《くるみ》のケーキもあるよ」

デイヴィットの気遣いの巧《うま》さに、オフィーリアはげんなりする。世の中の女性はデイヴィットのこの小細工を『私への愛』だと勘違いするのだ。騙《だま》されてきた女性たちに同情してしまう。

（でも、お茶とケーキに罪はない。……いい匂い）

オフィーリアは、お茶を入れてくれたカレンに「ありがとう」と微笑《ほほえ》み、ケーキに手をつける。口の中でほろりと崩れていくケーキの甘さに、ほっとした。

「さて、と。どうやってこの事件を決着させる？　大司法卿を脅して、新たな証言が出てきたということにでも？」

デイヴィットは優雅にお茶を飲みながら、味の感想でも言うかのような軽い口調で問いかけてくる。

「私は何度も派手に事件の再現をしていたわ。大司法卿どころか関わった兵士全員を脅さないと、真相が嘘臭《うそくさ》くなるわね」

真相に近く、そしてマーガレットに責任はないという別の真相が必要だ。

オフィーリアは、昨夜一晩かけて〝真相〟というタイトルの脚本を書いた。

「──あの夜、クレラーン国の間諜《かんちょう》が宮殿に入り込んでいた」

オフィーリアが最初の一文を披露すると、早速デイヴィットが感想を述べてくる。

「冒頭から既に嘘臭くないかな？」

「お黙りなさい」

オフィーリアはこほんと咳払《せきばら》いをした。

「クレラーン国の間諜は、間抜けにも軍旗を刺繍したスカーフを庭に落とした」

「本当に間抜けな間諜だね」

にやにや笑うデイヴィットが憎たらしい。じろりと睨《にら》むことでようやくその口を閉じさせることに成功する。

「間諜は見張りの兵士や巡回の兵士を避け、大臣の階段までできた。そのとき、一階から大臣の階段を上がってくる者がいた。間諜は、いざとなったら窓を破って逃げようと思った。急いで窓を破れるようなものを探したら、踊り場にあるブロンズ像が目についた」

デイヴィットはしばらく考えたあと、ゆっくり首を傾《かし》げる。

「……無理がないかな？」

「水が入った花瓶を抱えようとするほどの無理はないわ」

「確かにそうだね」

オフィーリアはデイヴィットを再び黙らせたあと、脚本の続きを語っていく。

「間諜はブロンズ像を手に持ち、階段を上がっていった。屋上庭園に繋《つな》がる階段で一階から上がってきた人をやり過ごそうと思ったのに、なんと屋上庭園から一人の貴婦人が下りてきてしまった。……その貴婦人がマーガレットだったのよ」

「間諜はマーガレットを襲った。話がここで終わりそうだけれど？」

「終わらないわ。マーガレットは間諜と遭遇してしまった。恐ろしさのあまり悲鳴を上げることもできなかった。おまけに逃げようとしたとき、靴のヒールが邪魔をして転びかけた。でもそれが幸運だったの。間諜に振り上げられたブロンズ像は、マーガレットに当たらなかった。そして、間諜は勢いよく空振りをしてしまい、うっかりブロンズ像を手放してしまった」

ここから先の展開は一本道だ。オフィーリアは簡潔に話す。

「ブロンズ像は手すりを越えて落ちていった。間諜は階段を下りて逃げていった。マーガレットは襲われたことに動揺し、頭が真っ白になったまま座り込んでいた。……我に返ったら、下が騒がしくなっている。先程の男を皆が探しているんだろうと思い、ようやく立ち上がって二階に下りたら……ジョンが倒れていた。この時点でのマーガレットは、侵入者がジョンを襲ったのだと思っていた」

「ずっとその勘違いを続けていたことにするつもりかい？」

「いいえ。途中でなにかが違うことに気づいたマーガレットは女王に相談し、あの夜になにがあったのかを語った。そして、相談された私は『マーガレットが襲撃者の顔を見た』というところを心配し、しばらく事件の真相を伏せておくことにした。間諜はマーガレットを探しているでしょうし、真相を明らかにしたら、あのときの貴婦人がマーガレットだとわかってしまう。それはとても危険よ」

女王は、襲撃犯からマーガレットを守るために、真相を伏せてああでもないこうでもないと見当違いの捜査を自らしているふりをしていたのだ。

オフィーリア作の〝真相〟に、デイヴィットは拍手を送る。

「心優しき女王の配慮は流石《さすが》だね」

無理やりなところはあるけれど、これで辻褄《つじつま》を合わせることはできる。

あとは存在しない襲撃者をどうにかするだけだ。

「面倒だから、捜して見つけたけれど国境を越えられてしまった……ということにした方がよさそうね。ひとまず危機は去った。だから公表することが決まったのよ」

間諜を捜して国境まで追ったことにするのなら、公表までもう少し時間がかかるだろう。

その間に、大司法卿《だいしほうきょう》と大司馬卿《だいしばきょう》へ事件の決着のつけ方についての話をしておかなければならない。

「……ということで、賭けは私の勝ち」

オフィーリアは、肩にかかった金色の髪を細い指で払う。

デイヴィットは「残念」と、ちっとも残念ではない声で言った。

「それにしても、いつの間に私と君は賭けをしていたことになっていたんだろうか。……まぁ、どういうことにせよ、私の負けだ。君との勝負が楽しかった時点でね」

「私は楽しくなかったわ」

オフィーリアは、こんな最低の賭けを楽しめるデイヴィットの鋼の心臓が羨ましくて仕方ない。

「それでは、女王陛下のお願い事を私が叶《かな》えよう。離婚以外でだよ」

オフィーリアは、きっとデイヴィットのその言葉を待っていた。

デイヴィットは人としてあまりにも最低だけれど、能力だけはある。利用できるのならいくらでもしたい。

(それに……、今回の賭けに勝てたのは、ジョンとデイヴィットのおかげだもの)

ジョンの「本当はロレンスが狙われたのではないか」という話や、デイヴィットの「真相は単純な話」という言葉。それらがオフィーリアを真相まで導いてくれたのだ。

「――デイヴィット。今から話すことを、馬鹿にせず、真実だと思って聞いて。そして、それが真実だという前提で私を助けてほしいの」

オフィーリアは、デイヴィットにこれからする話を本気で信じなくてもいいと言っておく。そして、かつて自分が殺されたときになにがあったのかを語り始めた。


——オフィーリアは語る。

あの夜、三人の男によって本当に殺されたこと。

死ぬ間際に『自分を殺した犯人が誰なのかを知りたい』と願ったこと。

妖精王リアの王冠の呪いによって、十日間だけ生き返ることができたこと。

願いを叶えたことで、呪いの発動条件が満たされ、オフィーリアを殺した三人の男たちがオフィーリアの代わりに死んだこと。

そして——……王冠の持ち主の定義が『最後に触った者』であり、今はジョンになっているのではないかということ。

長い話だったけれど、デイヴィットはオフィーリアに頼まれた通り、黙って真面目に聞いてくれた。そして、時々質問をして、わからないところをどうにか理解しようともしてくれる。

「……ジョンが生き返ってからもう九日目よ。このままだとジョンは二日後に死ぬ。私はジョンに幸せになってほしいの」

オフィーリアの願いを聞いたデイヴィットは、最初に大事なところを確認した。

「ジョンが助かった場合、ジョンを殺したマーガレットはジョンの代わりに死ぬ。共犯者であるヒューバートも死ぬかもしれない。それでもいいのかい？」

「構わないわ。そもそもジョンの願いがどんなものなのかもわかっていない。あとは妖精王リアの判定に任せるつもりよ」

望めばその結果が得られるわけではない。けれども、望んだ結果を得るために努力することはできる。

「私はジョンの姉だけれど、育てられ方や生き方は全く違う。きっと貴方《あなた》の方がジョンとの共通点を多く持つ。ジョンが死ぬ間際に願ったことが一体なんだったのか、貴方なりに考えてほしい」

オフィーリアは、実際に死んで生き返ったから、妖精王リアの王冠の呪いを信じることができているのだ。

これが馬鹿げた話で、馬鹿げた質問にしか思えないことは、自分でもわかっている。

（信じてくれるかしら……）

デイヴィットが笑い転げて終わる可能性も充分にある。そのときは容赦なく渾身《こんしん》の力を込めた平手打ちをしてやろう。

オフィーリアがそのための準備をこっそりしていたら、デイヴィットが真面目な顔をこちらに向けた。

「ジョンになったつもりで考えてみたけれど、一般的な答えしか出てこなかった。こんなところで死にたくない。誰に殴られたのか知りたい。医師を呼んでくれ。誰かに遺言を託したい……とかね」

「そう……。なら、それらを全て叶えておいた方がいいわね」

死にたくないという願いは、呪いの条件のおかげで叶っていると言えるかもしれない。

誰に殴られたのかを知りたいという願いについては、もうジョンに事件の真相を伝えてあるから、叶っていると言えるはずだ。

殴られたあとに医師が呼ばれたことも、早々に聞いただろう。

「遺言については、ジョンと話し合ってみるわ。遺言状を書かせ、それを私が受け取っておけば、ジョンの願いは叶ったことになるかもしれない」

ジョンはささやかな心残りを果たしたいと願ったのかもしれないし、叶わない夢を見たのかもしれない。

「でもね、ここで私たちがどれだけ考えても、走り回っても、ジョンの願いなんて本人にしかわからないと思うよ」

「……ええ、そうね」

ジョンが覚えていたら、話はもっと早かった。これぱかりは仕方ない。

(妖精王リアは人間の本性を楽しんでいる。私がジョンの願いを叶えようとして右往左往しているところも、きっとどこからか見ているはず)

妖精というものは本当に性格が悪い。羽虫と比べて、見た目しか良さがない。

「オフィーリア、ジョンにもう一度訊《き》こう。今度は別のやり方でね。ここは私に任せてくれ」

妖精王リアと同じぐらい性格が悪いデイヴィットは、どうやら悪いことを思いついたらしい。とても楽しそうにしている。

オフィーリアはつい身構えてしまった。

三

メニルスター公爵ジョン王弟は、自身の襲撃事件の真相作りに協力している最中だ。

まず、クレラーン国の間諜《かんちょう》が宮殿内にいたという噂《うわさ》を流しておく。

クレラーン国は、つい最近までこの国と戦っていて、春になったらまた戦う相手である。おまけに、軍旗を刺繍《ししゅう》したスカーフが落ちていたという一件もあったばかりだ。間諜についての噂が流れても、誰だってそうだろうなと思うだけである。

（この噂は姉上によって故意に流されたものだけれど、きっとどこかにクレラーン国の間諜は本当にいるはず）

ジョンは気をつけなければならないと気を引き締めた。

このアルケイディア国の王族の中で、王位継承権を持つのは自分のみなのだ。

もしオフィーリアと自分の両方が命を落としたら、祖父の代まで遡り、王位継承権を親族の誰かへ与えることになってしまうだろう。

（その場合は……、血の濃さが同じ者同士で、妖精王リアの王冠を奪い合うことになる）

王家の一員としての教育を受けていない者は、自分のことしか考えられない。

そんな者たちが、一番大事な『国』を無視して、醜い争いを繰り広げてしまう。

クレラーン国もそのことを充分に理解しているだろう。たった二人を殺せば戦争に勝てるようになるのだから、暗殺者を送り込むことも考えるはずだ。

姉と自分を警護する人間の数は増えているけれど、それでも自らしっかり警戒しておくべきである。

「……ジョン。例の件についての話がある」

オフィーリアに真実を語られた翌々日、ジョンはデイヴィットに話しかけられた。

デイヴィットは人目を気にするような仕草をしているし、おまけに声が小さい。これは明らかに『マーガレットの件』だろう。

「オフィーリアにも内緒にしたい。あとで屋上庭園にきてくれ。偶然を装って落ち合い、そこで話そう。私は大階段を使うから、君は大臣の階段を使ってくれ。疲れた顔をしておくといい。外の空気を吸いたくなったように見えるから」

「わかった」

ジョンとデイヴィットが二人で仲良く屋上庭園に行けば、今から内緒の話をすると周囲に教えるようなものである。

偶然を装うための『疲れたふり』をジョンは意識しつつ、大臣の階段を上っていった。

勿論《もちろん》、護衛も連れてきている。

「君たちはここで待っていてくれ。目の届かないところには行かないから」

ジョンは屋上庭園の入り口に護衛の兵士を待たせ、離れすぎない位置で深呼吸をし、夜空を仰いだ。

——仕事に疲れて星を眺めにきた。

きっとそんな風に見えているだろう。

(デイヴィットは凄《すご》いな。屋上庭園で待ち合わせをしようと言われただけでは、僕はここまでの小細工はできない)

デイヴィットは細かいところまで目が届くし、配慮もできる。だからオフィーリアもなんのかんの言いつつ頼りにしているのだ。

今の自分は、オフィーリアのような立派な王を、デイヴィットのような立派な臣下の両方を目指さないといけない。

(デイヴィット……、遅いな。外套《がいとう》を持ってきた方が……いや、それだと明らかに人と会う準備に見えてしまうか)

早くきてくれないかな、と視線をガーデンテラスに落としたとき、背中に衝撃が走った。

——がつん、という音と、なにかが潰れたような音と、濡《ぬ》れた感触。

あれ、と思ったら、身体《からだ》が前に傾いて、そのまま倒れてしまう。

煉瓦《れんが》に打ち付けた頬が痛い。そして、背中も痛い。

手探りで背に手を回せば、指先が濡れた。痛みを堪えつつ濡れた指を見たけれど、灯《あか》りが届かないここではどんな液体がついているのかわからない。けれども、金臭さが鼻につく。……これはきっと血だ。

(今、背後から……刺された？)

まさか、と驚くと同時に納得した。

自分は王弟で、王位継承権第一位だ。命を狙う者はいくらでもいる。クレラーン国の暗殺者だけではない。女王を殺そうとした男が三人もいたように、自分の命を奪おうとする臣下もいるだろう。

(僕は、また死ぬ……？)

そんな、と絶望した。

折角生き返ったのに、こんなことになってしまうなんて、あまりにも運が悪い。

呆然《ぼうぜん》としていたら、目の前にブーツの爪先が見える。

ブーツからローブの裾、ローブの裾からフード。視線を上に動かしていくと、黒いローブを身につけた男によって見下ろされていることに気づいた。

「……死ぬ前に願いを叶《かな》えてやろう。お前は、なにを望む？」

どこかで聞いた声だ。けれども、すぐに思い出せない。
男はジョンの返事をただ静かに待っている。
（僕の願い……）
あのときと同じだ。階段で死にかけたときも、誰かに問われてなにかを願った。
――そうだ、姉上に謝りたかった。
王位継承権第一位である自分が死んでしまうことを申し訳なく思ったのだ。
そして、これからのことを憂《うれ》えた。
自分が死んだら、次の王は誰になるのだろうか。
この先にあるのは、終わりのない王位継承権争いだ。
（だから僕は、そんなことにならないようにと……）
ジョンは、もう一度願う。
「姉上、……どうか、デイヴィットと仲良く……」
女王が王配との子を無事に産めたら、王位継承権争いなんてものは起こらない。
オフィーリアには、優しくて温かい家庭を築いてほしい。幸せになってほしい。愛人の子でいいなんて言わないでほしい。

ジョンが必死にそう願うと、ふっと周りが明るくなった。

ついに天国にきたのだろうかと諦めの境地に至っていると、ローブを着た男がフードに手をかける。

フードの中から現れたのは、とても楽しそうに笑っているデイヴィットの顔だった。

「……だそうだ！　オフィーリア、聞いたかい？　心優しい弟の最期の願いをしっかり聞き届けた方がいいと思うよ」

「デイヴィット！」

はははと笑うデイヴィットと、怒りの叫びを響かせるオフィーリア。

ジョンがこの状況に全くついていけないでいると、誰かが助け起こしてくれた。

「申し訳ありませんでした、メニルスター公爵殿下。これは女王陛下発案の警護訓練でして……」

ジョンを助け起こしてくれたのは、オフィーリアの近衛隊長《このえたいちょう》だ。

ますます何が起こったのかわからなくなったジョンに、オフィーリアが手を差し伸べてくれた。

「貴方《あなた》は刺されていないわ。背後から拳を勢いよく当てただけなの。あと鶏の血も使って、それらしくしたけれど……」

「僕は刺されて、いない……？」

「私たちの護衛を増やしたでしょう？　あんなことがあったばかりだし、護衛の兵士たちに警護というものをしっかりわかってほしくて、緊張感をもっと持ってほしくて、デイヴィットに相談して実践的な警護訓練をしてみることにしたのよ」

オフィーリアの近衛隊長は、ジョンの護衛の兵士に「どんなときでもすぐ対応できる位置にいろ」と厳しく注意している。

それを見たジョンは、ようやく状況を理解し、抜き打ちの訓練だったのか……と納得した。そしてゆっくり息を吐く。

（驚いた……。本当にもう一度死んだのかと……！）

デイヴィットはジョンを誘《おび》き出《だ》す役だったのだろう。そして……。

「楽しくなってつい悪魔の役を演じてしまったよ」

オフィーリアとは対照的に、この訓練を存分に楽しんでいたようだ。

「最期の願いを叶えるのは天使だと思うよ、デイヴィット」

「天使はオフィーリアに譲ろう」

肩をすくめたデイヴィットにジョンは苦笑しつつ立ち上がる。それからオフィーリアに向き合った。

「姉上」

この国のために、王位継承権を持つ者として、そして弟として、女王に大事な話をしなければならない。

「僕は死ぬ間際を二度も体験したことで、急いで結婚して幸せな家庭を築くべきだと、改めて決意しました。僕の結婚相手は王妃になる可能性もあるため、賢く強く優しい女性がいいでしょう。……そして、姉上もやはりディヴィットともっと夫婦の仲を深めるべきです。夫婦関係の改善をするという約束はしてくれましたが、それだけでは足りません」

オフィーリアは、最初はそうねと優しく頷《うなず》いていた。

しかし後半部分になってくると、その頷きの幅が浅くなっていく。

「……そ、そうね」

「王族はもう僕たちだけです。これから一緒に、温かくて賑《にぎ》やかな王家を作っていきましょう！」

「…………ええ、……その通りだわ」

ジョンはほっとした。オフィーリアもやはり同じことを考えてくれていたのだ。

（あまり心配しなくてもよかったのかもしれない。姉上はこうやって警護のことをディヴ

ィットに相談していたし、デイヴィットも姉上に協力していたんだから）
夫婦の問題だから、あとは二人に任せるべきだ。
ジョンはとても晴れやかな気持ちになれた。

四

オフィーリアは『抜き打ちの警護訓練』を終えたあと、身を清めて寝室に入った。

女官に気持ちを落ち着かせるお茶を入れてくれと頼んだあと、ベッドの上の護国卿《ごこくきょう》フエリックス・レヴィンを手に取って抱きしめる。

「どうしたらいいの……!?」

どうしようと言いながらも、オフィーリアは女官に爪紅を塗ってもらったし、寝化粧も施してもらった。

そう、これからの展開はもうわかっている。けれども、それを受け入れることができているわけではない。

「オフィーリア、支度が整ったって？」

うんうん唸《うな》っていると、寝室の扉が勝手に開いた。

オフィーリアは抱きしめていた護国卿に「あいつをやっつけて！」という願いを込め、扉に向かって勢いよく投げつける。

しかしデイヴィットは、フェリックスを片手で難なく受け止め、首根っこを摑《つか》んでぽいっとベッドに放ってしまった。

「情報漏洩《ろうえい》に関する女官への教育がまだまだだったようね……！」

どれだけオフィーリアが女官たちに厳重な注意を与えても、デイヴィットに些細《ささい》なことをぽろりと漏らす者がいる。

デイヴィットの口の巧《うま》さは、オフィーリアもよく知っていた。きっとデイヴィットの「ああ言いながらも、私が部屋を訪ねなくなったら、オフィーリアは拗《す》ねてしまうんだよ」という謎の言葉を信じた者が、また一人増えたのだろう。

（私は顔も見たくないのに……！）

仕事のときは仕方ないと割り切っているのだから、それ以外はそっとしておいてほしい。

どうして皆、こんなに簡単なことを理解してくれないのだろうか。

「そうは言っても、君も聞いただろう？　ジョンの願いは『夫婦仲良く』だよ」

「……時々はティータイムを一緒に楽しみましょう」

「それだけ？」

「時々は朝食を一緒に取りましょう……」

「そのぐらいのことは、ジョンともしているよね？」

「なら、夕食も……！」

「社交シーズンの夕食なんて、ほとんどが人を招いた夕食会だ。それは仕事の範疇《はんちゅう》だよ」

デイヴィットの言う通りだ。けれどもオフィーリアは、これ以上の譲歩をしたくなかった。

「君はジョンの願いを叶えたらジョンは死ななくてもすむと言っていた」

「……ええ、そうよ」

「私はジョンに最期の願いというものを思い出させたんだ。その件に関しては、ご褒美をもらってもいい気がするんだけれどね」

後頭部に強い衝撃を受けたジョンは、死ぬ間際に願ったことを忘れてしまった。

オフィーリアは、ジョンにもわからないのなら、それらしい願いを全て叶えたらいいと思った。しかし、デイヴィットは『事件を再現する』というやり方で、もう一度ジョンに同じことを願わせたのだ。ただし、今回は忘れてしまってはいけないので、背後から刺されたという状況に変更してある。

「そのことについては感謝しているけれど……」

妖精王リアの『夫婦で仲良く』がどのような定義になっているのかわからないので、オフィーリアとデイヴィットはできる限り仲良くしておくべきだし、仲良くしていることをジョンにしっかり伝えておくべきだ、とオフィーリアだって思っている。

「妖精王リアにとっての仲良くの定義が今すぐ知りたいわ……！」

不愉快なことは必要最低限にしたい。

オフィーリアがそう願えば、デイヴィットは楽しそうに笑った。

「妖精王リアが心の中を覗《のぞ》いていたらどうする？　心から仲良くしなければ、願いを叶《かな》えたことにはならないかも」

「そのときはそのときよ。神が定めた命をジョンは見事に全うしたんだから！」

「おおっと、開き直らないで」

怒らせているのはそっちだ、とオフィーリアはデイヴィットを睨《にら》みつける。

「……実はジョンに『夫婦の会話をこっそり聞きにおいで』と誘っておいた」

「なんですって!?」

「そろそろ隣の部屋で、聞き耳を立てているんじゃないかな？　ジョンのことだから、わくわくはしていないだろうね。申し訳ないと思いつつ、でも心配だから……と不安になっしていた。

ているところだと思うよ」

オフィーリアは怒りに任せて叫びたかったけれど、なんとか堪《こら》えた。

この男はやはり危険だ。女官や侍従を上手《うま》く騙《だま》し、近衛兵も見張りの兵士も上手く言いくるめ、挙げ句の果てにジョンを隣の部屋に呼び、仲良く雑談している声を聞かせようとしている。

(この……！　私が断れないことを知っていて……！)

オフィーリアがなにも言えなくなっていると、ディヴィットは先にベッドへ座った。

「さぁ、仲のいい夫婦の会話というものをしようか」

「……どんな会話をしたら仲良くになるのか、もうすっかり忘れたわ」

「そこは私に任せてくれ。オフィーリア、子供は何人ほしい？」

オフィーリアは、怒りを抑えるための深呼吸が必要になる。

そして、深呼吸をしてから考えてみた結果、ほしくないという結論が出てしまった。しかし、それでは仲のいい夫婦の会話にならないので、先人に頼ることにする。

「三人……ほしいわね」

「この国は生まれた順に王位継承権が与えられる。王子がいい？　王女がいい？」

「どちらもよ」

先人とはそう、自分の母である。王妃であった母は、王子二人と王女一人を生んだ。賑やかな家庭だったと思う。だからこそ、父と兄を亡くしたときの悲しみは大きかった。それでもオフィーリアが女王として立っていられるのは、やはり弟という存在が大きい。守るべき存在というものは、自分を強くしてくれる。

「名前は決めてある？」

「顔を見てから決めたいの。候補は考えてあるけれど……」

「そうだね。顔を見たら『これだ』と思えるものがきっとあるはずだ」

オフィーリアはなんだか疲れてしまった。恋が冷める前にこういう会話をしたかったのだ。あのときできていたら、デイヴィットを愛して……。

（駄目よ！　結局は殺される運命なんだから！）

デイヴィットを信じながら殺されるなんて、最悪の結末だ。

やはりこれでよかったのだと、たった今、再確認できてしまった。

「どんな子に育ってほしい？」

「次の王になる子たちだから……そうね、国のために生きるという義務を果たし、でもその中で自分の幸せもしっかり追い求めてほしいわ。公私の狭間《はざま》で悩むこともあるでしょうけれど、助けてくれる家族や友人に囲まれていてほしい」

子供がいる生活はとても楽しいだろうな、とオフィーリアはふと思う。

もしかすると、新しい家族を見るために母が宮殿へ帰ってくるかもしれない。そうしたら、王族のティータイムが再び賑やかになるだろう。

「そうだね。子供たちの時代は平和であってほしいけれど、それでも三人の子には帝王学を学ばせておこう」

「ええ、女の子にも。女王になるのなら王配が必要だけれど、王配に国を乗っ取られないようにしてもらわないと」

オフィーリアは、デイヴィットにちくりと嫌味を放っておく。

しかし、相手はあのデイヴィットだ。この程度の嫌味は通用しない。

（会話だけで疲れるわ……。今夜はぐっすり眠れそう……）

オフィーリアは、今日のよかったところ探しを少しでもしておこうと思った。そうしておかないと、怒りで眠れなくなるだろう。

「……ねぇ、ジョンはまだいるの？」

オフィーリアは声を小さくし、デイヴィットに確認する。

デイヴィットは真面目な表情で頷《うなず》いた。そして声を潜《ひそ》める。

「いるよ。でも、無粋な真似《まね》はしないはずだ」

「ジョンがこの部屋に入ってくるはずがないでしょう。ここは女王の寝室よ」

「そうだとも。本格的な夫婦の時間になればそっと立ち去るさ。さて、最後の仕上げだ」

デイヴィットはオフィーリアの手を取り、跪《ひざまず》いた。

「オフィーリア、君に私の一生を捧げよう。一人で王様をするのはとても楽しいことだと思っていたけれど、どうやら君の横にいる方が面白い人生になりそうだ」

面白いかそうでないかで人生を決めないで、とオフィーリアは苦々しく思う。

「女王オフィーリアに永遠の忠誠を、妻のオフィーリアに永遠の愛を誓うよ」

デイヴィットは、この国で一番の名役者かもしれない。

うっかり信じそうになるほどの真っ直《まっす》ぐでひたむきな視線を向けてくる。

「だからオフィーリア、君も私に誠実であってほしい。どうか愛人探しをやめてくれ」

私に命令しないで、とオフィーリアは言いたかったけれど、我慢した。

今だけはジョンのために、夫に対して誠実でいなければならない。

「……わかったわ」

オフィーリアはため息と共に承諾の言葉を吐き出したあと、護国卿のフェリックスを摑み、それをデイヴィットの顔に勢いよく押し付けた。

「今夜はフェリックスを私の代わりになさい」

「おおっと、つれないね」

「貴方《あなた》はそっち、私はここ。領土侵犯したら戦争開始よ」

「本格的な夫婦の時間ってそういうことではないけれど……。まあいいか、今夜はフェリックスを抱いて寝よう。おやすみ、愛《いと》しい人」

どうやらデイヴィットはフェリックスにキスをしたらしい。人だろうが物だろうが、なんでも口説く男のようだ。あまりにも危険すぎる。

灯《あか》りを消したあと、デイヴィットがぽつりと呟《つぶや》いた。

「……この事件はどんな結末になるんだろうね」

オフィーリアはそれにため息をつく。

「間違いなく不愉快な結末よ」

「ジョンが生き残っても？」

「ええ。これは呪いだから。……呪いが成就したら、幸せな結末になるはずがない」

オフィーリアは、自分を殺した三人の男が死んだときのぞっとした感覚を思い出し、身体《からだ》を震わせた。

デイヴィットがそれを勘違いし、「温めようか?」と手を出してきたけれど、容赦なくその手をつねってやる。

今夜はなにも考えずに眠りたい。明日はきっと、色々なことを考えてしまうだろうから。

終章

翌朝、オフィーリアはデイヴィットやジョンと朝食を共にした。

ジョンはデイヴィットと笑い合っている。今のところ死ぬ気配は全くない。

——頭を強く打った方は、突然ふらりと倒れて亡くなることがあります。

大聖堂でジョンが生き返った日、医師から言われた注意点がずっと気になっている。

ジョンの願いを叶えることができずに、ジョンがまた命を落とすことになっても、皆は医師の言っていたことが本当になってしまったと思うだけだろう。

（どうなるのかしら……）

オフィーリアは、食後の茶を楽しんでいるふりをしながら、ずっとどきどきしていた。

けれども、何事もなく昼になる。

ほっとしてもいいのかわからないまま、午後を迎えてしまった。

午後はマーガレットに宮殿まできてもらうことになっている。これも『クレラーン国の間諜《かんちょう》に襲われた気の毒なマーガレット』のための仕込みだ。

（ジョンに変化はない。マーガレットが亡くなったという報告も入ってこない。……もしかして、妖精王リアの王冠の呪いは一切関係なく、ジョンは奇跡によってただ助かっただけなのかも……！）

不愉快な結末にしかならないと昨夜は思っていたけれど、もしかすると最高の形で終われるのかもしれない。

オフィーリアはそんなことを考えながら、茶会用のドレスに着替えた。

「女王陛下、マーガレット・バトラー令嬢が妖精の間にいらっしゃいました」

書記卿《しょききょう》ベネット・モリンズからの報告に、オフィーリアは頷《うなず》く。

妖精の間は、ガーデンテラスが見える場所にあって、大きな窓から入る陽射《ひざ》しを楽しめる部屋だ。

既に茶会の準備はされていて、あとはオフィーリアを待つだけになっていた。

「待たせたわね」

オフィーリアが妖精の間に入れば、マーガレットは優雅に淑女の礼をする。

「女王陛下、よろしければこちらの席にどうぞ。お花がよく見えるんです」

冬のガーデンテラスは、花の種類がどうしても少なくなるため、春や秋に比べると寂しくなってしまう。

マーガレットは少しでも女王が花を楽しめるようにと、自分の席を譲ろうとしてくれた。

（……ああ、私の好きな冬薔薇《ふゆばら》が咲いていることに気づいたのね）

女王であるオフィーリアの『断る』には、重たい意味がまとわりつく。好意を差し出されたのなら、できるだけ受け取らなくてはならない。

「ありがとう。嬉《うれ》しいわ」

オフィーリアは微笑《ほほえ》み、マーガレットの席に近づく。

そのとき、唐突にピシリとひびが入るような音が響いた。

オフィーリアがなんの音だろうかと足を止めれば、頭上が陰る。

「女王陛下！」

悲鳴のような叫びが聞こえたけれど、オフィーリアはなにが起きているのよくかわからなかった。

どうしたのだろうかと首を傾げると、目の前に勢いよく大きな物が倒れ込んでくる。

「……っ⁉」

テーブルと椅子が潰される大きな音と、食器が割れる甲高い音。

様々なものが飛び散り、風を起こし、オフィーリアを襲う。

温かい物が頬や手についた。これは入れたばかりのお茶だろうか。

「きゃあああ！　女王陛下！　大丈夫ですか⁉」

「陛下！　こちらへ！　そこは危険です！」

「誰か！　人を！」

女官たちの悲鳴があちこちから聞こえてくる。

けれども、オフィーリアは驚きすぎて悲鳴を出せなかった。瞬《まばた》きを忘れたまま、ただその場に立ち尽くす。

（今、なにが……）

壁に飾ってあったブロンズ像が、なんらかの理由でこちらに倒れ込んできたようだ。

机の上の花が無惨にも潰されてしまい、花の匂いがぶわりと広がっている。……それに混じるこの臭いはなんだろうか。

「金臭い……」

オフィーリアは、頬を伝ったなにかをそっと手の甲で拭う。何気なく手の甲を見たら、赤いものがついていた。

「……そうだわ。マーガレットが……」

倒れたブロンズ像の下になにかの布が見える。それは真っ赤な布だった。マーガレットは若草色のドレスを着ていたはずだ。なぜ、と疑問に思う。

「女王陛下！　あとは我々にお任せください！」

騒ぎを聞きつけた近衛兵《このえへい》や侍従たちが部屋の中に入ってきて、オフィーリアを無理やり部屋の外に連れ出そうとする。

「マーガレット様が！　医師を！」

「早く持ち上げて！　急いで！」

「陛下、清めの間で着替えを……！　このままでは皆が動揺します！」

オフィーリアは女官の言葉に息を呑《の》み、はっとした。慌てて部屋の中を確認したけれど、マーガレットの姿はどこにもない。

その意味を理解したオフィーリアが目を見開いたとき、扉が閉められてしまい、部屋の中の様子が見えなくなった。

（……マーガレットはブロンズ像を落とし、ジョンの後頭部に当てて殺してしまった）

彼女は怪我《けが》をさせる相手を間違えた。しかし、あの事件は単なる事故ではない。マーガレットには、怪我をさせたいという気持ちがしっかりあったのだ。

未《いま》だに事態を上手《うま》く呑み込めないオフィーリアは、言われるままに歩いて執務の間に入る。清めの間では今、急いで湯が用意されているところらしい。

ソファに座っていると、女官たちが手や顔についた血を拭ってくれた。

（これはマーガレットの血。マーガレットは死んでしまった……）

ジョンの望みが叶《かな》ったのだろう。だから妖精王リアの王冠の呪いが発動した。

自分のときと同じだ。ありえないことが起きている。


――ああ、どこからか笑い声が聞こえる。


人のような、鳥のような、男のような、女のような声だ。

ケラケラと笑うその声は、とても楽しそうだった。

（そうでしょうね）

今回の事件によって、人間の本性というものが再びあちこちで暴かれた。

身勝手な理由で恋人の兄を襲う計画を立てた者。

恋人と結婚したくて兄に怪我をさせようとした者。

弟を救いたくて必死になっていた者。

事件を利用して賭けを試みた者。

妖精王リアの王冠の持ち主になったジョンだけは誠実だった。しかし、妖精王リアはジョンの周囲の人間の身勝手さを存分に楽しめただろう。

(呪いが発動した時点で、幸せな結末にはならない……)

自分が放った言葉通りになってしまった。

オフィーリアはそっと息を吐く。

ジョンを救うと決め、願いを叶えようとし、その通りになった。けれども、やはり覚悟していた通り、最悪の結末になったのだ。

――マーガレット・バトラー令嬢が宮殿で亡くなった。

ブロンズ像が突然倒れてくるという事件は、最初は不幸な事故だと思われていた。

イオランテは歴史ある宮殿だ。壁に埋め込まれているブロンズ像の接着部分が劣化していても、おかしくはない。

しかし、現場の検分を任された大司法卿《だいしほうきょう》ホリス・コーリンは、丁寧に調査しろという女王の命令へ忠実に従い、そして調査結果を大司馬卿《だいしばきょう》に相談し、ある結論に至った。

「人為的に引き起こされた事件の可能性があります」

「……事故ではなく事件なの？」

オフィーリアが訊《き》き返せば、ホリスは首を傾《かし》げつつも頷いた。

「はい。ブロンズ像の接着部分にわざと傷をつけたような跡がいくつもありました」

「そう……」

女王を狙った暗殺事件だと言いたくなるところだけれど、これで女王を殺すのは不可能に近い。妖精の間は毎日使うような部屋ではないので、誰もいないときにブロンズ像が倒れてしまう可能性の方が高いのだ。

（それでも妖精王リアの呪いであれば、マーガレットがいるタイミングで上手く倒れるでしょうね）

事故ではなく事件だとわかった以上、なんらかの結論は出さなければならない。

皆が疑心暗鬼になり、誰かが犯人扱いされる前に、犯人を作った方がいいだろう。

「この間、マーガレットがクレラーン国の間諜《かんちょう》の顔を見てしまったという話をしたわね」

「はい」

「クレラーン国の間諜は私を暗殺したいでしょうし、自分の顔を見たマーガレットも殺しておきたかったでしょう。あれは私とマーガレットを狙った暗殺事件よ。私は運よく助かった。……そういう発表にして」

「春告げる王の御心のままに」

昼過ぎに起きた事件の真相は、夜に発表された。ジョンはマーガレットの兄であるロレンスを慰めに行った。オフィーリアも慰めに行った。

「バトラー卿……」

しかし、どう声をかけてやればいいのかわからない。

深い悲しみに暮れているロレンスは、後悔の言葉をひたすら述べていた。

「こんなことになるのなら、結婚を許してやればよかった……！　妹の幸せな結婚をこんな形で奪われるなんて……、私はクレラーン国が許せません……！」

オフィーリアがロレンスにしてやれることは、たった一つしかない。

「マーガレットにウェディングドレスを着せてあげましょう。私が使ったものでよければ、是非着てほしいわ。彼女が好きだった花でブーケも……。そうね、春になったらマーガレットの花で花冠を作りましょう。マーガレットは誰よりも上手に作って、必ず私にかぶせてくれたから……今度は私が……」

たったこれだけのことしかしてあげられないのに、ロレンスは涙を更に流した。

「……ありがとうございます。妹も喜びます。本当に……どうしてこんなことに……！」

人の死は、あまりにも悲しい。

失ってからわかることも多い。

（私もそう。目の前のことを素直に受け止めて感謝するのは、とても難しい）

なにか大きな理由があれば、マーガレットとヒューバートの結婚は許されただろう。だからオフィーリアは春の大攻勢という機会を与えた。しかし、それは間に合わなかった。

——マーガレットには、呪いも奇跡もない。

ジョンと違い、この結末は変えられないのだ。

オフィーリアは、ロレンスが泣いているのをただ見守ることしかできなかった。

マーガレットの死は、ジョンからヒューバートにも伝えられた。

ヒューバートは愛する人の死を嘆き悲しんだ。春になれば彼女を迎えに行けるかもしれないという希望を抱いていたこともあり、現実との落差にどうしても耐えられなかった。

「なんでマーガレットが死ななければならないんだ……！」

ヒューバートは怒っていた。この悲しみを乗り越えるために、その矛先を向ける相手を探している。

(私は、女王としてこの怒りを利用しなければならない)

——小細工が上手い者を人望があると評する。

これは最低の小細工だ。上手くいっても人望なんてものは全くないと、オフィーリアは自嘲した。

「……マーガレットを殺したのはクレラーン国の者よ」

オフィーリアは、ヒューバートが息を呑むところをじっと見守る。

彼の頭の中にこの言葉が届くのを待ち、それからゆっくり怒りの矛先を誘導していった。

「クレラーン国が……マーガレットを、殺した……？」

「暗殺者や間諜が忍び込んでいたという噂《うわさ》は、貴方《あなた》も聞いたことがあるでしょう。……どうやらマーガレットは、舞踏会の夜にクレラーン国の間諜の顔を見てしまったらしいの」

ヒューバートは目を見開いた。

オフィーリアは静かに頷《うなず》く。

「暗殺者は、私とマーガレットをまとめて処分しようとしたのよ。そのあと、ジョンも殺すつもりだった……」

ヒューバートの瞳の中に、怒りの炎が燃え盛った。

——許さない。

ヒューバートの気持ちが、痛いほど伝わってくる。

「私は春の大攻勢でマーガレットの仇《かたき》を絶対に討つわ。マーガレットを殺したクレラーン国のことを許すわけにはいかない」

クレラーン国が全て悪い。

マーガレットの仇を討つためには、春の大攻勢でクレラーン国に大勝利しなければならない。

悲しみと怒りによって正常な判断ができなくなっていたヒューバートは、オフィーリアの誘いにふらりと——……応じた。

「マーガレットの仇を……！」

恋人へ名誉を与える英雄になれなかった若者は、復讐者《ふくしゅうしゃ》になる。

オフィーリアは、また殺される理由を作ってしまった。

クレラーン国の間諜の顔を見たマーガレットと女王がまとめて暗殺されかけた事件は、皆の結束を固めてくれた。

オフィーリアは、ジョンがどうなるのかをずっと気にしていたけれど、マーガレットの葬儀が終わってもジョンは生きていた。おそらく、もう心配しなくてもいいだろう。

——全て思い通りになった。けれども、これは最低な結末だ。

オフィーリアがため息をつくと、後ろから声をかけられる。

「マーガレットの死を自分の責任だと思っているのかい？」

デイヴィットがいつの間にか執務の間に侵入していたらしい。

オフィーリアが振り返れば、デイヴィットはにやにや笑っていた。相変わらず性格の悪い男だ。

「どうかしらね。全ては偶然で、呪いなんてないかもしれない」

「でも君は妖精王リアの王冠の呪いを信じていた。君の言った通りの結末になった。私は今、とても驚いているよ。凄《すご》いね、この呪いは」

オフィーリアは、マーガレットの死を悲しまないこの男に苛《いら》ついてしまう。

（……いいえ、一緒に悲しもうと言われても苛つくわね）

心にもないことを言われても、最低なことを言われても、結局は怒りが湧くのだ。本性を知っているのだから仕方ない。

「ねぇ……、なにか最低な発言をしてちょうだい」

オフィーリアは、それならその最低なところを利用してやることにした。

すると、デイヴィットが珍しく驚く。

「……急にどうしたのかな？」

「元気を出したいのよ。貴方《あなた》を最低だと思えば思うほど、怒りが湧いて元気になるわ」

オフィーリアがなにを求めているのか、デイヴィットは理解し、納得もしたらしい。なるほどねと言いながら、優秀な頭を働かせる。

「実は……」

デイヴィットがオフィーリアの耳に口を寄せた。

オフィーリアは、ほんの少しどきどきしてしまう。どんな最低な発言が飛び出してくるのだろうか。絶対にこの男なら自分を怒りに震えさせることができるという信頼があった。

「ジョンにね、こんなことを言ってみたんだ」

「……ジョン？」

オフィーリアに直接攻撃をするよりも、ジョンを攻撃した方がよりオフィーリアを怒らせることができる。

オフィーリアはよくわかっているわね、と感心した。

「最近のオフィーリアは、吐き気を堪《こら》えているような仕草をすることが多い、と……」

「吐き気？　私の具合が悪いと言ってジョンを心配させようとしたの？」

「結婚した女性が吐き気を感じているんだ。よくあることだよ」

オフィーリアはどういう意味なのかを考え……はっとする。

「デイヴィット!!　貴方、よくも、よくもそんな馬鹿げたことを……!!」

怒りのあまり、オフィーリアの頭の中が真っ白になった。

よりにもよってこの男は、オフィーリアに妊娠の兆候があるという嘘《うそ》をジョンについたのだ。

妖精王リアに誓ってそんなことはありえない。この身の清らかさを、ジョンには信じてほしい。

「ジョンは驚いたあと、よかったと喜んでいたよ」

「よくないわ!　くだらない嘘をつかないで!」

「夫婦仲良くとジョンが願ったからね。最も安心させてやれる方法はなんだろうかと考えて、これが一番だと判断したんだ。……ああ、大丈夫。このところ忙しかったからただ具合が悪くなっていただけ、と言えばそれで終わる話だよ。体調不良と懐妊を勘違いしてしまう話は、よくあることだからね」

完全に他人事《ひとごと》でしかない後始末の方法を提案してきたデイヴィットの首を、オフィーリアは両手で絞めてやりたかった。この華奢《きゃしゃ》な手が憎い。どうしてか弱い女性に生まれてしまったのだろうか。

「それとも、今から本当にしようか?」

デイヴィットが肩を抱き、寝室の間に繋がる扉をちらりと見る。

オフィーリアが右手を振り上げれば、デイヴィットはさっと身を離した。

「ははは! 夫婦仲良くをしたくなったら、いつでも呼んでくれ!」

心底楽しいという笑い声を立てた男は、オフィーリアが燭台《しょくだい》をちらりと見た瞬間、さっと部屋から出ていく。賢い男だ。流石《さすが》に燭台で殴られて血を流すというのは避けたかったらしい。

「このっ、……ッ、……こういうときはなんて言えばいいの! もう……!!」

悔しい! とオフィーリアは拳を握る。

地団駄を踏むことすら知らない可憐《かれん》なる淑女は、「本当にクソったれね!」と憎しみを込めて言うことしかできなかった。

＊＊

ヒューバート・フィリップスの恋人、マーガレット・バトラーが亡くなった。

皆、どうしてこんなことになったのかと悲しんだ。そして、クレラーン国の間諜《かんちょう》を許さないと怒った。

（……死は若者にも等しく訪れる。僕もそうだった）

ヒューバートとの未来を夢見ていた彼女の明るい声は、もう二度と聞けない。

ジョンはマーガレットの死をまだ信じられなかった。葬儀が終わっても実感がわかない。

悲しみも怒りも、もう少し後のことになるだろう。

ジョンはこの現実とゆっくり向き合いたくて、静かな場所を探す。

誰もいない玉座の間に入り、玉座の前に立ち、ようやくマーガレットの死を静かに受け入れようとした。

「マーガレット、君には幸せになってほしかったんだ。……まだこれはただの言葉でしかないけれど、いつかは本当に心からそう思えるようになりたかったんだよ」

ジョンは幸せな未来を描いていた。

自分は新しい婚約者と結婚して温かい家庭を築き、いずれはヒューバートとマーガレットの子を宮殿に招き、自分の子と仲良くさせたかった。

子供のはしゃぐ声があちこちから聞こえる宮殿を、ジョンは待ち望んでいたのだ。

（……今は叶《かな》う幸せを夢見よう）

ジョンは大怪我から奇跡の快復をしたあと、神に感謝した。妖精王リアの加護を失わないように、強さと優しさを兼ね備えて気高く生きていこうと思ったのだ。

そして、まずは身近な問題に手をつけてみた。その成果は少しずつ現れてきている。

「……姉上は幸せになってくれそうでよかった」

ジョンは大臣の階段で死にかけたとき、『ディヴィットと仲良くすることをどうか約束してほしい』とオフィーリアに願った。

意識を取り戻した次の日、オフィーリアは「ディヴィットとの関係改善を試みましょう。約束するわ」と言ってくれた。

あの願いは叶っている。

いずれ二人は夫婦の愛を取り戻すだろう。

「妖精王リアも、夢で『おめでとう』と言ってくれたしね」

ジョンの願いが叶った夜、夢に妖精王リアが出てきた。

夢の中の妖精王リアは、この玉座の間の天井に飾られている金塗りの木造彫刻にそっくりだった。その彫刻が喋《しゃべ》り出《だ》すという不思議な夢だったけれど、祝われて嬉《うれ》しくない者はいない。

どうかこれからも僕たちを見守ってくれ、とジョンは天井に飾られている妖精王リアに向かって呟《つぶや》いた。

終

お便りはこちらまで

〒一〇二―八一七七
富士見L文庫編集部　気付
石田リンネ（様）宛
ごもさわ（様）宛

富士見Ｌ文庫

女王《じょおう》オフィーリアよ、王弟《おうてい》の死《し》の謎《なぞ》を解《と》け

石田《いしだ》リンネ

2022年6月15日　初版発行

発行者　青柳昌行
発　行　株式会社 KADOKAWA
〒102-8177　東京都千代田区富士見2-13-3
電話　0570-002-301（ナビダイヤル）

印刷所　株式会社暁印刷
製本所　本間製本株式会社
装丁者　西村弘美

定価はカバーに表示してあります。　◇◇◇

●お問い合わせ
https://www.kadokawa.co.jp/（「お問い合わせ」へお進みください）
※内容によっては、お答えできない場合があります。
※サポートは日本国内のみとさせていただきます。
※ Japanese text only

ISBN 978-4-04-074571-8 C0193